3.

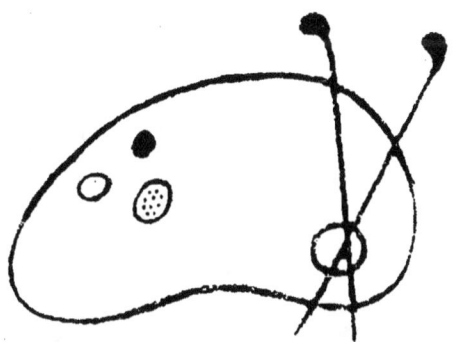

Fin d'une série de documents
en couleur

BAS LES CŒURS!

1870-1871

SOUS PRESSE

———

BIRIBI — Discipline militaire

ÉVREUX, IMPRIMERIE CHARLES HÉRISSEY

GEORGES DARIEN

BAS LES CŒURS !

1870-1871

PARIS
NOUVELLE LIBRAIRIE PARISIENNE
ALBERT SAVINE, ÉDITEUR
12, Rue des Pyramides, 12

1889

CAHIER (S) OU PAGE (S) INTERVERTI (S) A LA COUTURE
RETABLI (S) A LA PRISE DE VUE.

DE LA PAGE $\quad$ 1
A LA PAGE $\quad$ 2

BAS LES CŒURS

I

La guerre a été déclarée hier. La nouvelle
en est parvenue à Versailles dans la soirée.

M. Beaudrain, le professeur du lycée qui
vient me donner des leçons tous les jours, de
quatre heures et demie à six heures, m'a
appris la chose dès son arrivée, en posant sa
serviette sur la table.

Il a eu tort. Moi qui suis à l'affût de tous les
prétextes qui peuvent me permettre de ne
rien faire, j'ai saisi avec empressement celui
qui m'était offert.

— Ah! la guerre est déclarée! Est-ce qu'on
va se battre bientôt, monsieur?

— Pas avant quelques jours, a répondu
M. Beaudrain avec suffisance. Un de mes amis,
capitaine d'artillerie, que j'ai rencontré en

1

venant ici, m'a dit que nous ne passerions guère le Rhin avant un huitaine de jours.

— Alors, nous allons passer le Rhin?

— Naturellement. Il est nécessaire de franchir ce fleuve pour envahir la Prusse.

— Alors, nous envahirons la Prusse?

— Naturellement, puisque nous avons 1813 et 1815 à venger.

— Ah! oui, 1813 et 1815! Après Waterloo, n'est-ce pas, monsieur? Quand Napoléon a été battu?...

— Napoléon n'a pas été battu. Il a été trahi, a fait M. Beaudrain en hochant la tête d'un air sombre. Mais donnez-moi donc votre devoir; c'est un chapitre des *Commentaires*, je crois?

— Oui, monsieur... J'ai vu chez M. Pion...

— ... Les *Commentaires*... Ah! c'était un bien grand capitaine que César! Eh! eh! nous suivons ses traces. Seulement nous n'aurons pas besoin de perdre trois jours, comme lui, à jeter un pont sur le Rhin; nous irons un peu plus vite, eh! eh!... Qu'est-ce que vous avez vu, chez M. Pion?

— Une gravure qui représente Napoléon

partant pour Sainte-Hélène et prononçant ces
mots : « O France... »

Le professeur m'a coupé la parole d'un geste
brusque ; et, passant la main droite dans son
gilet, la main gauche derrière le dos, il a murmuré d'une voix lugubre en levant les yeux
au plafond :

— « O France, quelques traîtres de moins
et tu serais encore la reine des nations ! »...

-- C'est sur le *Bellérophon*, n'est-ce pas,
monsieur, que l'Empereur était embarqué?

— Je vous apprendrai cela plus tard, mon
ami. Pour le moment, nous n'en sommes qu'à
l'histoire grecque... à la Tyrannie des Trente...
Mais donnez-moi votre devoir.

J'ai tendu sans peur la feuille de papier.
M. Beaudrain me l'a rendue dix minutes après
avec un trait de crayon bleu à la onzième
ligne et une croix en marge :

— Un non-sens, mon ami, un non-sens.
Hier, vous n'aviez qu'un contre-sens. Somme
tout, ce n'est pas mal, car le passage n'est
pas commode. Je m'étonne que vous vous en
soyez si bien tiré.

Ça ne m'étonne pas, pour une bonne raison :
je copie tout simplement mes versions, depuis

deux mois, sur une traduction des *Commentaires* que j'ai achetée dix sous au bouquiniste de la rue Royale. Les jours pairs, je glisse traîtreusement un tout petit contre-sens dans le texte irréprochable; les jours impairs, j'y introduis un non-sens. Hier, c'était le 17.

Mon père est entré.

— Bonjour, monsieur Beaudrain. Eh bien! votre élève?...

— Ma foi, monsieur Barbier, j'en suis vraiment bien content, je lui faisais justement des éloges... A propos, dites donc, ça y est.

— Ça y est, a répété mon père, et ce n'est vraiment pas trop tôt. Ces canailles de Prussiens commençaient à nous échauffer les oreilles Ça ne vaut jamais rien de se laisser marcher sur les pieds. Avant un mois nous serons à Berlin.

— Un mois environ, a fait M. Beaudrain. Il faut bien compter un mois. Un de mes amis, capitaine d'artillerie, que j'ai rencontré en venant ici, m'a dit que nous ne passerions guère le Rhin avant une huitaine de jours.

— Oui, oui, les préparatifs... les... les... les préparatifs. On n'a jamais pensé à tout...

— Oh! pardon, pardon, papa! s'est écriée ma sœur Louise qui a ouvert la porte, un

journal déplié à la main, le maréchal Le Bœuf
a affirmé que tout était prêt et, dans quatre
ou cinq jours...

— Eh! eh! a ricané M. Beaudrain en sa-
luant ma sœur, les dames sont toujours pres-
sées. J'apprenais justement à monsieur votre
père, mademoiselle, qu'un de mes amis, capitaine d'artillerie, que j'ai rencontré en venant
ici, m'a dit...

Ce matin, à neuf heures, mon père m'a envoyé chercher le journal à la gare.

— Tu demanderas le *Figaro*.

J'ai demandé le *Figaro*.

— Vous ne préféreriez pas le *Gaulois* ou le
Paris-Journal? insinue la marchande qui est
justement en train de lire, derrière sa table,
le dernier numéro qui lui reste.

— Non, non, le *Figaro*.

Elle replie lentement la feuille et me la tend
en soupirant. Comme ça doit être intéressant!

Au coin de la rue, je déplie à demi le journal. On me défend de le lire, à la maison;
mais tant pis, je risque un œil — un œil que
tire un titre flamboyant : *La Guerre*.

Je dévore l'article. Non plus furtivement,

comme je fais quelquefois, un œil déchiffrant
les lignes aperçues dans l'entre-bâillement du
papier, un œil explorant les environs, mais
sans gêne, tranquillement, *coram populo*, portant le journal tout déplié devant moi, à bras
tendus, comme une affiche que je vais coller
le long d'un mur. Et, quand je le ferme, à
vingt pas de la maison, des phrases dansent
encore devant moi, pesantes comme des mas-
sues, des lignes longues, droites comme des
épées, les petites lignes des alinéas acérées
comme des couteaux ; j'ai dans la tête comme
un remuement d'armes, un cliquetis de fer-
railles. Je réciterais l'article d'un bout à l'autre,
j'indiquerais la place des virgules et même
des points d'exclamation :

« Le tambour bat, le clairon sonne, — c'est
la guerre ! Aux armes ! Aux armes !

«... Aux armes ! Sus à ces beaux fils de la
sabretache, qui épient à l'horizon les baïonnettes de la France !...

«... Place au canon ! Et chapeau bas ! Il va
faire la trouée à la civilisation ! A l'humanité !... C'est sa voix qui va chanter l'hosanna
de la victoire !

«... La France reculer ?... C'est le soleil qui

s'arrête... Et quel est le nouveau Josué qui fera reculer le soleil de la France?... Moltke, peut-être?...!!! — »

Je suis empoigné...

— Tu as l'air tout chose, Jean, me dit mon père à déjeuner.

— C'est probablement la déclaration de de guerre qui le tracasse, répond ma sœur en ricanant.

Je ne réplique pas. A quoi bon? Cette pimbêche de Louise se figure que je suis trop petit pour m'occuper de politique et, à deux ou trois questions, que je lui ai posées ce matin elle m'a fait des réponses moqueuses. Mais, attends un peu, ma belle, dans cinq ou six ans je m'en occuperai, de politique; et tant que je voudrai, encore. Tandis que toi, tu n'es qu'une femme; et les femmes... Quant j'en aurai une, je ne lui permettrai de lire que les faits-divers, dans mon journal. Et si Jules n'est pas un imbécile, il fera comme moi. Il faudra que je le lui dise, tout à l'heure.

Je le lui dis. Je le retiens dans un coin de sa maison de l'avenue de Villeneuve-l'Etang où nous avons été lui rendre visite, l'après-

midi, et je lui explique mon système. Il m'é-
coute en souriant.

— Tu n'as peut-être pas tort, mon ami.
Seulement, tu oublies une chose : c'est que je
ne suis pas encore ton beau-frère et que...

— Oh! c'es, tout comme, Jules, car dans
deux mois Lou se et toi vous serez mariés.

— Et si la guerre tourne mal?

Je répondra s bien que ce n'est pas possible, mais il faudrait avouer que j'ai lu le
journal qui prédit la victoire, et j'aime mieux
ne pas répondre, passer pour manquer d'informations.

Je suis Jules au jardin où Léon, le frère de
Jules, un garçon de mon âge, et Mlle Gâteclair,
leur tante, causent avec mon père et ma sœur.
Ils parlent de certains changements à apporter à l'arrangement du terrain.

— Il faudrait avant tout, dit Louise, un
massif d'arbres verts pour cacher le réser-
voir.

— Jules y a songé ce matin, répond Mlle Gâteclair.

— Et que penseriez-vous, fait mon père
qui vient de réfléchir profondément, sa canne
sous le bras, son menton dans la main, que

penseriez-vous d'une jolie corbeille de ver-
veines ou de géraniums au milieu de cette
pelouse?

— Ce serait gentil, dit Jules.

— Adorable, s'écrie Louise.

— Maintenant, continue mon père en se
pourléchant les lèvres et en arrondissant les
bras, on pourrait égayer un peu la façade en
plaçant, par exemple, à droite une boule rouge,
à gauche une boule verte et au milieu une
boule dorée. Hein? Ce serait-il gentil?

— Charmant! Charmant!

Ça me paraît bête, tout simplement. On ferait
bien mieux de conserver cette grande pelouse
où l'on peut se rouler à son aise et faire de
bonnes parties de quilles. Depuis un mois,
chaque fois que nous venons chez Jules, c'est
pour dresser des plans dont l'exécution doit
révolutionner sa propriété. Il n'est question
que de changement, de transformation, de
dérangement. Et Jules qui trouve ça tout naturel! Il renverserait sa maison pour les beaux
yeux de Louise. Ah! s'il la connaissait comme
moi...

— Viens-tu arroser les fleurs avec moi?
me demande Léon.

1.

— Mais non. Il fait encore trop chaud.

La vérité, c'est que je ne veux pas quitter les grandes personnes. Elles vont certainement parler de la guerre, des Prussiens, et je ne veux pas perdre un mot de ce qu'elles vont dire.

J'attends une bonne heure, prêtant l'oreille, tout en faisant semblant de m'intéresser aux fleurs, aux arbustes. Rien ; ils n'ont parlé de rien ; ça a joliment l'air de les occuper, la guerre ! Dieu de Dieu ! comme je m'ennuie !

Nous nous en allons, quand mon père se tourne vers Jules.

— Croyez-vous ? Cette vieille canaille de Thiers qui ne trouvait pas de motif avouable de guerre ?

— Ah ! Gambetta a marché, lui, répond Jules. Décidément, c'est mon homme.

— Peuh ! un drôle de pistolet !

Et mon père fait un geste de mépris pendant que ma sœur pince les lèvres.

— Oh ! moi, vous savez, reprend vivement Jules tout rougissant, je m'occupe si peu de politique...

— C'est comme moi, dit Mlle Gâteclair.

J'ai demandé la permission de rester une

heure de plus pour aider Léon à arroser les fleurs. Je l'entraîne dans un coin du jardin.

— Est-ce que Jules t'a parlé de la guerre ?

— Oui.

— Qu'est-ce qu'il t'a dit ?

— Que c'était bien embêtant.

— Et ta tante t'en a-t-elle parlé ?

— Oui.

— Qu'est-ce qu'elle t'a dit ?

— Que c'était bien malheureux.

Ah ! comme on voit qu'ils ne s'occupent pas de politique !

Le soir, après dîner, j'ai ma revanche. Les voisins font invasion chez nous. M. Pion, d'abord, le capitaine en retraite qui entre en criant :

— Hein ! qu'est-ce que je vous disais, Barbier ? Ça finit-il par la guerre, oui ou non, cette question Hohenzollern ?

Et Mme Pion ajoute, en retirant son chapeau :

— Les Prussiens se figuraient, parce qu'ils ont été vainqueurs à Sadowa, qu'ils allaient nous avaler d'une bouchée ! On n'a pas idée d'une pareille insolence.

Et s'asseyant à côté de ma sœur, près de la
fenêtre :

— Vous comprenez bien, mon enfant. qu'à
Sadowa, comme le dit si bien mon mari, les
Prussiens n'avaient aucun mérite à vaincre :
ils avaient le fusil à aiguille. Nous, avec le
Chassepot, je vous réponds...

Puis, c'est M. Legros, l'épicier, qui entre en
riant aux éclats.

— Avez-vous vu comme le marquis de Piré
a cloué le bec à Thiers, au Corps législatif?
Il lui a dit : « Vous êtes la trompette des désastres de la France. Allez à Coblentz! » Il lui
a dit : « Allez à Coblentz! » Elle est bien
bonne?

— Savez-vous ce qu'on leur promet, là
dedans, aux opposants? demande M. Pion en
frappant sur un numéro du *Pays* qu'il tire de
sa poche : le bâillon à la bouche et les me-
nottes au poignet. Si j'étais quelque chose
dans le gouvernement, ce serait déjà fait,
ajoute-t-il en caressant sa grosse moustache.

— Bah! laissez-les donc faire, dit Mme Arnal,
qui fait son entrée à son tour. Tenez, j'arrive de Paris. Savez-vous ce qu'on fait dans

les rues? On crie : « A Berlin! à Berlin!... »
Près de la gare, je vois un rassemblement. J'approche. Savez-vous ce que c'était? Un médaillé
de Sainte-Hélène, messieurs, qui pleurait à
chaudes larmes au milieu de la foule... Il
pleurait de joie, le brave homme! Vrai, j'ai eu
envie de l'embrasser.

Ah! je comprends ça. Ça devait être beau.
Mon enthousiasme augmente de minute en
minute. Il est près de déborder. Je voudrais
être assez grand pour crier : à Berlin! dans
la rue. Oh! il faudra que je me paye ça un
de ces jours.

Les idées guerrières tourbillonnent dans
mon cerveau comme des papillons rouges
enfermés dans une boîte. J'ai le sang à la tête,
les oreilles qui tintent, il me semble percevoir
le bruit du canon et des cymbales, de la
fusillade et de la grosse caisse ; ce n'est que
peu à peu que j'arrive à comprendre J. Pion
qui donne des détails.

Ah! les Prussiens peuvent venir. Nous les
attendons. Nous sommes prêts : jamais le
service de l'intendance n'a été organisé comme
il l'est, nos arsenaux regorgent d'approvisionnements de tout genre ; nous pouvons armer

cinq cent mille hommes en moins de dix jours
et notre artillerie est formidable.

— Et puis, s'écrie M. Legros, nous avons
la *Marseillaise* !

— Bravo ! Bravo ! s'écrient Mme Arnal et
ma sœur.

Et elles se précipitent vers le piano.

— Non, non, je vous en prie, murmure
Mme Pion qui se pâme. Pas de musique ce soir,
je vous en prie. Je suis tellement énervée !
Tout ce qui touche à l'armée, à la guerre,
voyez-vous, ça me remue au delà de toute
expression. Ah ! l'on n'est pas pour rien la
femme d'un militaire...

— Vive l'Empereur ! crie M. Pion.

— Tiens ! j'ai une idée, fait mon père qui
disparaît et revient au bout de cinq minutes
avec un grand carton à la main et plusieurs
boîtes sous le bras.

— Qu'est-ce que c'est, papa ?

— Tu vas voir, curieux. Louise, va donc
dire à Catherine de tendre un drap blanc, le
long du mur.

Je hausse les épaules dédaigneusement.
C'est la lanterne magique qu'on veut nous
montrer.

— A notre âge, dis-je tout bas à Léon qui
vient d'entrer.

— C'est rudement bête, mais ça ne fait
rien. Pendant qu'il fera noir, je pincerai ta
sœur.

— Pince-la fort.

Il ne la pince pas du tout. Il n'y pense pas,
moi non plus; le spectacle est trop intéressant. Ah! mon père est un malin. Ce ne sont
pas les verres représentant l'histoire du Cha-
peron Rouge ou du Chat Botté qu'il glisse dans
la lanterne; ceux qu'ils a choisis peignent en
couleurs vives les épisodes divers des campagnes de Crimée et d'Italie, de bons vieux
verres que j'avais oubliés, qui m'ont amusé
autrefois, qui aujourd'hui m'émeuvent.

Et puis, décidément, mon père a le chic pour
montrer la lanterne magique. Il ne vous place
pas le verre, bêtement, entre les rainures du
fer-blanc, pour le laisser là, immobile, jusqu'à
ce que le spectateur lui crie : Assez! — Il
a un système à lui. Les premiers tableaux —
le départ des régiments, — il les pousse lentement, peu à peu, dans la lanterne, et l'on croit
voir défiler, au pas accéléré, le long du drap,
les lignards à l'allure ferme et les lourds gre-

nadiers ; pour les chasseurs à pied, le verre va
un peu plus vite : du pas gymnastique. Quand
nous arrivons aux escarmouches, aux combats
précurseurs des grandes rencontres, le verre
prend une allure fantaisiste, il court avec les
bersagliers, rampe avec les highlanders et
bondit avec les zouaves. Pour les batailles,
c'est terrible. C'est à peine si, dans le va-et-
vient rapide des personnages qui s'égorgent
sur le drap blanc, on arrive à distinguer les
formes humaines, à voir autre chose qu'une
effrayante mêlée, une masse informe et bario-
lée éclaboussée de boue rouge. Comme ça
donne l'idée d'une bataille! j'en tremble. Et je
n'ai même pas la force de hurler comme les
autres spectateurs qui, dans l'ombre, poussent
des cris de cannibales, des hurlements d'an-
thropophages.

Heureusement, pour me calmer, des tableaux
moins chargés apparaissent. Trois ou quatre
personnages tout au plus : des turcos hideuse-
ment noirs et des zouaves effrayants, aux
longues moustaches en croc, embrochant des
Russes qui joignent les mains et des Autrichiens
tombés à terre.

— Pas de pitié pour les Autrichemards !

crie M. Legros. Et il faudra en faire autant aux Prussiens.

— Tiens! sale Prussien, crie M. Pion, absolument emballé, et dont je perçois dans l'obscurité la longue silhouette tendant le poing vers l'orbe où un soldat blessé agonise, un coup de baïonnette au ventre.

Mon père glisse le dernier verre dans la lanterne et se croise les mains derrière le dos. Il sait que ce tableau-là n'a pas besoin d'être agité comme les autres, que tous les artifices sont inutiles cette fois-ci. Il est sûr de son effet : on a peint sur le verre l'incendie d'un bateau où des malheureux se tordent dans les flammes.

C'est épouvantable.

— Magnifique! crie Mme Arnal. Ah! ces brigands de Prussiens, si l'on pouvait les faire griller tous comme ça!

II

J'ai douze ans. Mon père en a quarante-
cinq. Ma sœur dix-neuf. Catherine, notre
bonne, n'a pas d'âge.

Elle nous sert depuis dix ans. C'est elle qui
m'a promené en lisières dans les allées du
parc et qui a guidé mes premiers pas le long
des charmilles du Roi-Soleil. C'est elle qui me
rapportait à la maison dans ses bras quand
j'étais fatigué d'avoir traîné mes souliers bleus
sur les tapis verts de Le Nôtre.

Je ne devais pas lui peser lourd : elle est
forte comme un bœuf et dure au travail comme
un cheval de limon. Je l'ai vue un jour, mise
au défi par les ouvriers du chantier, porter
vingt-cinq kilos à bras tendu. Elle est longue
comme un jour sans pain et ça l'ennuie parce
qu'elle est obligée de faire elle-même ses
tabliers bleus : ceux qu'on achète tout confec-
tionnés sont très *bons* et coûtent moins cher;

mais on n'en trouve pas à sa taille. Elle est plate comme une limande et ça lui est à peu près égal. Quand on la taquine là-dessus, elle se borne à fournir une explication très simple : elle a monté en graine tout d'un coup — comme les asperges — et ce qu'elle a gagné en hauteur, elle l'a perdu en largeur. Elle ressemble à un gendarme : un gendarme qui aurait un gros nez rouge, qui mangerait de la bouillie avec son sabre et qui aurait, en guise de moustaches, un gros poireau poilu de chaque côté du menton.

Les poireaux, voilà le malheur de Catherine. Elle en a trois à la figure et trois douzaines sur les mains. Elle affirme n'en pas avoir autre part.

— Pas un seul ! s'écrie-t-elle en roulant de gros yeux. J'en fournirai les preuves à qui voudra.

Personne ne lui en a jamais demandé.

Elle a essayé de différents remèdes qui devaient faire disparaître en un clin-d'œil ses végétations importunes. Ils ont échoué. Quelqu'un, il y a six mois, lui en a indiqué un nouveau : les artichauts sauvages. Depuis ce temps-là, elle en cherche ; elle leur fait la chasse

partout ; elle y passe ses heures de liberté,
elle y dépense ses demi-journées du dimanche,
jusqu'à l'heure de la messe — qu'elle passe
au bleu.

Si Catherine a une haine et un dégoût : les
poireaux, elle a une admiration et un amour :
son frère. Il existe en chair et en os, ce frère,
aux cuirassiers — au 8ᵉ de l'arme — ; et, en
effigie, tout le long des murs de la chambre
de sa sœur. Il est là debout, assis, à pied, à
cheval, en veste d'écurie, en grande tenue,
tête nue, cuirassé et casqué. Chaque fois
qu'elle touche ses gages, Catherine lui en
envoie les deux tiers et lui réclame une pho-
tographie. La dernière qu'elle a reçue est
superbe : elle a vingt centimètres de haut,
elle est peinte et la tête du cuirassier, un point
de carmin aux joues et aux lèvres, a été déli-
catement collée par le photographe entre le
casque et la cuirasse d'un cavalier acéphale,
comme on en fabrique d'avance, à la grosse.

Catherine ne tarit pas d'éloges sur son
frère.

— Vous auriez dû vous engager dans son
régiment, fait mon père. Vous avez la taille, je
crois ?

— Ah! monsieur, si ç'avait été possible!
Comme je l'aurais soigné!

Mon père et ma sœur rient aux éclats. Je
ne sais pas pourquoi, mais je leur en veux de
leur rire.

A vrai dire, je leur en veux de moins en
moins. J'ai eu beaucoup d'affection pour Catherine, autrefois, mais je m'en suis détaché
insensiblement. M'ayant connu au berceau,
elle a continué à me traiter en enfant ; elle ne
peut arriver à se figurer que je vais être
bientôt un homme. Il y a dans sa tendresse
pour moi quelque chose qui sent la nounou, le
lange, le hochet. Elle a, en nouant ma cravate, le matin, des petits tapotements très doux,
des lissages d'étoffes, de ces gestes qui ajustent
les robes de bébés — qui arrangent les
bavettes. — Et puis, au point de vue intellec-
tuel, nous avons cessé toutes relations. Elle a
un mot qui explique tout et qui a fini par
me déplaire. A toutes mes questions sur
les chiens écrasés, les aveugles et les boiteux,
les chevaux qui se cassent une jambe et les
morts qu'on mène au cimetière, elle faisait la
même réponse : « C'est le bon Dieu qui l'a
puni. »

— Catherine, sais-tu pourquoi le poisson
rouge qui était dans l'aquarium est mort?

— C'est le bon Dieu qui l'a puni.

Ça m'a paru insuffisant — et douteux.

Aujourd'hui. je me demande comment j'ai
pu arriver à trouver du plaisir dans la société
d'un être aussi borné. Je la méprise un peu.
Elle m'ennuie beaucoup. Elle s'en est aperçue,
et en souffre.

Tant pis.

Ma sœur est une pimbèche. C'est une petite
poupée, pas vilaine si l'on veut, mais pas
jolie, jolie. Poseuse, hypocrite, égoïste, rap-
porteuse, pincée. Orgueilleuse comme un paon.

— Pourquoi?

J'ai entendu un ouvrier du chantier dire
d'elle, une fois:

— On dirait qu'elle a pondu la colonne
Vendôme.

Ma foi, oui.

Elle m'embête.

Mon père est entrepreneur de charpente et
de menuiserie ; il est propriétaire, à Versailles,
de l'établissement du *Vieux Clagny*. C'est
lui qui a fait poser ces longues planches qui
portent son nom : Barbier, le long de la ligne

du chemin de fer, avant d'arriver à la gare. Il possède aussi un chantier à Paris, rue Saint-Jacques. Ce chantier est tout voisin d'un autre : le *chantier des Grands-Hommes*, qui lui fait une concurrence désastreuse. Mon père a essayé de reprendre le dessus, plusieurs fois, sans aucun résultat appréciable. A chaque échec, une envie folle lui venait de se débarrasser de son établissement parisien.

— J'y mange de l'argent ! criait-il. J'y mange tout ce que je gagne à Versailles !

Pourtant, il ne pouvait se résoudre à vendre. A la fin, une idée, une idée fixe, l'a possédé : acheter les *Grands Hommes*.

Il y a sept ans qu'il rêve à cette acquisition — qu'il sait impossible — et ç'a été le sujet de discussions terribles que je me rappelle vaguement, avec ma mèr   on père lui reprochait, de plus en plus âprement, avec brutalité dans les derniers temps, de ne pas avoir payé sa dot. Il l'accusait de l'avoir volé, de s'être entendue avec son père à elle, le grand-père Toussaint, pour le filouter.

— Oui, tu savais qu'il me mettait dedans, le vieux brigand !... Tu n'as même pas pensé à tes enfants !... Tu t'en moques, de tes

enfants !... Comme de ton mari, n'est-ce pas ?...
Tout pour ta famille ! Une famille de fripons,
de canailles !... De canailles !...

J'ai encore de ces cris-là dans les oreilles,
de ces cris ha neux, mal étouffés par les murs,
et qui venaient souvent, la nuit, me terrifier
dans mon petit lit. Je savais que mes parents
se disputaient et s'insultaient, que mon père
bousculait ma mère *pour de l'argent*. Et depuis
ce temps-là j'ai le dégoût et la peur de l'argent.
J'ai presque deviné, à douze ans, tout ce que
peut faire commettre d'horrible et d'infâme
une ignoble pièce de cent sous.

J'ai grandi au milieu de discussions d'intérêt coupées de scènes de plus en plus violentes
jusqu'à la mort de ma mère. Ces scènes ont
effacé en moi, à la longue, son image douce
et bonne, et je ne peux plus la voir quand j'é-
voque son souvenir, que pâle et craintive,
baissant la tête, pauvre bête maltraitée sans
pitié par son maître, et fuyant sous les coups.
J'ai gardé aussi, de ce temps-là, une grande
frayeur de mon père.

Non pas qu'il soit mauvais pour moi. Mais
il y a dans son regard quelque chose de méchant qu'il ne peut arriver à adoucir.

— Monsieur n'est pas commode, dit Catherine.

C'est à peu près ça : pas commode, raboteux, à angles droits. Il me gêne. Je me contrains devant lui. Son regard, que je sens peser sur moi, m'a rendu un peu sournois. Paresseux au possible, je joue les studieux — en truquant de toutes les façons. — Je lui désobéis rarement. Je n'ai pas peur qu'il me mette à mort, comme Brutus. Je crains qu'il ne me fasse remarquer, de son ton froid, qu'il a la bonté de ne pas me priver de dessert.

A part les deux heures de leçons que me donne M. Beaudrain, le soir je suis à peu près libre. Je ne m'amuse guère. Sans Léon qui vient souvent jouer avec moi, et le père Merlin, notre voisin, que je vais voir presque tous les jours, je crèverais d'ennui. J'aimerais bien aller m'amuser au chantier ; mais mon père me défend de parler aux ouvriers. Un jour, Louise m'a vu causer à l'un d'eux. Elle a mouchardé. J'ai reçu un savon et l'ouvrier aussi.

— Ça t'apprendra à parler à ces gens-là, m'a dit Louise. Avec ça que tu es déjà si bien élevé !

Je voudrais demeurer à Paris. J'ai envie de

2

Paris. Chaque fois que j'y vais, je voudrais y
rester, ne jamais retourner à Versailles. C'est
ennuyeux comme tout, Versailles, ennuyeux
comme tout. On dirait que c'est mort.

— Une ville charmante, dit M. Beaudrain.

Et il parle des souvenirs historiques en passant un bout de langue sur ses lèvres, qui pèlent
comme de l'écorce de bouleau.

M. Beaudrain a l'air d'un croque-mort.
Ils sont tous comme lui, les gens qui habitent
Versailles : drôles comme des enterrements.
M. Legros, seul de toutes les personnes qui
viennent chez nous, rit toujours ; seulement il
est bête comme une oie. Il a des yeux en bou-
les de loto, des narines poilues, des oreilles
en feuilles de chou et un gros menton rasé de
près, tout piqué de trous, qui ressemble à une
pomme d'arrosoir.

Il y a aussi Mme Arnal, qui est bien gentille.
Elle va souvent à Paris où son mari tient un
magasin, et ça se voit. J'aimerais bien me ma-
rier avec une femme comme elle. A condition
qu'elle sautât un peu moins, par exemple. Elle
est toujours en l'air. On dirait qu'elle a du vif-
argent quelque part. Mais je n'en suis pas
encore là. J'ai le temps d'attendre.

Pour le moment, mon père me gêne, Catherine m'ennuie, Louise m'embête, Versailles m'assomme.

Voilà.

III

Nous finissons de déjeuner. Mme Arnal entre.

— Vous ne savez pas ?

— Quoi donc ?

— Le père Merlin est revenu.

— Bah ! Vous êtes sûre ?

— Comment donc ! Il est dans son jardin, en train d'arroser ses fleurs.

Et, plus bas :

— Il a un linge blanc autour de la tête ; le front tout entortillé... Il y a quelque chose là-dessous.

— Oh ! oui, fait ma sœur ; quelque chose de louche. Il vaudrait mieux savoir à quoi s'en tenir, car enfin on ne peut pas fréquenter toute sorte de monde. N'est-ce pas, papa ?

— Sans doute, sans doute ; mais...

— Oh ! tu sais, tu ne m'ôteras pas de l'idée qu'il a attrapé ses horions à la manifestation...

tenez, madame. j'ai gardé le journal. Le
voilà.

Elle lit :

— « A la hauteur de la Porte-Saint-Martin,
une bande composée de quelques centaines de
voyous, escortant un grand drôle portant un
drapeau, se dirige vers le Château-d'Eau, aux
cris de : *Vive la paix* ! Cette manifestation est
accueillie par des sifflets partis des bas-côtés
des boulevards. Et bientôt la foule, ne pouvant
plus contenir son indignation, se précipite sur
ces stipendiés de Bismarck et les disperse, non
sans avoir administré à quelques-uns des plus
acharnés une correction bien méritée. »

Mme Arnal hoche la tête.

— Dame ! vous comprenez bien qu'avec des
idées comme les siennes...

— Oh ! il faut savoir à quoi s'en tenir, répète
Louise très surexcitée. Et si tu veux, Jean, tu
vas t'en aller chez le père Merlin pour lui tirer
les vers du nez.

Ce rôle d'espion ne me convient pas beaucoup. Je me tourne vers mon père.

— Mais papa ne voudra peut-être pas...

— Avec ça que tu as besoin de la permission de papa pour y passer des demi-journées

2.

---

entières, chez le père Merlin ! Allons, tâche
de faire ce qu'on te dit.

Je ferai ce qui me plaira. Et d'abord je ne
lui demanderai rien, au père Merlin, rien du
tout ; je ne lui tirerai pas les vers du nez. Et
s'il me raconte ses affaires, je garderai tout
pour moi, je ne répéterai rien, rien.

Je sonne à sa porte. Il vient m'ouvrir, un
bâton de frotteur à la main et un pied déchaussé.
Il frotte. Gare à mes oreilles si je fais des bêtises.

— Ah ! c'est toi ! Ton ami Léon n'est pas
avec toi ? C'est dommage. La première fois que
je le verrai, ce garnement-là, je lui donnerai
de mes nouvelles ; il m'a cassé un pied de dah-
lia... Tu veux aller au jardin ? Va au jardin.
Tu peux bêcher la troisième plate-bande, celle
du fond.

— Oui, monsieur Merlin ; et vous...

— Je frotte !

Il rentre dans la maison dont il fait claquer
la porte et j'entends bientôt le va-et-vient de la
cire sur le plancher, suivi du frottement de la
brosse qui, à temps égaux, heurte les plinthes.

C'est un brave homme, le père Merlin, mais
il a ses manies. Quand il est en colère, quand

il a quelque sujet de contrariété ou d'affliction,
vite, il attrape sa cire et sa brosse et s'enferme
dans sa maison; il ne faudrait pas choisir ce
moment-là pour le taquiner. Quand il vous a
dit : « Je frotte ! » il n'y a plus qu'à le laisser
tranquille. « Je frotte ! » c'est un avertissement,
une menace; ce n'est pas, comme on pourrait
le croire, l'énoncé d'une occupation domestique.
Ça veut dire : « Je suis en colère. Je passe ma
colère sur mon plancher. J'aime mieux ça que
de la passer sur vous, pourvu que vous me
laissiez tranquilles. » Ça veut dire : « Fichez-
moi la paix. »

On sait à quoi s'en tenir là-dessus, dans le
voisinage. Mais on continue à le fréquenter, à
lui faire bon visage, malgré ça, malgré ses
opinions ultra-républicaines qu'il affiche très
ouvertement. Il a de si belles fleurs ! Au dernier concours horticole, comme on couronnait
Gédéon, l'horticulteur, pour ses hortensias, le
père Merlin, plein de dédain pour les produits
primés, a traduit son opinion par un mot qui
a fait rougir les dames. Il a dit :

— C'est de la fouterie.

Les dames qui ont rougi ont dû se rendre
compte qu'il n'y avait rien d'exagéré dans cette

appréciation, car elles ont continué à demander
au bonhomme des bouquets qu'il leur offre —
gracieusement.

Car il est gracieux quand il veut, le père
Merlin, très gracieux même. On voit qu'il a été
bien élevé. Il est fort comme un Turc, aussi,
malgré ses cinquante ans passés. Je l'ai entendu
dire, à propos d'un jeune homme de vingt-
deux ans, bien râblé, qui le tournait en ridicule :

— Si ce galopin continue, je le casserai en
deux comme une allumette.

Et le jeune homme s'est tenu coi.

Il aime beaucoup les enfants. Il paraît qu'il
en a eu, mais qu'ils sont morts. Sa femme aussi.
Quand je dis : sa femme... On prétend qu'il
n'a jamais été marié et qu'il vivait en concubinage. Ça m'intrigue fort. J'ai demandé des
renseignements à Catherine qui m'a répondu,
mais avec un grand accent de conviction cette
fois :

— Le père Merlin ! C'est le bon Dieu qui l'a
puni.

Un jour que le vieux m'avait parlé longtemps
de ses enfants et de *sa femme*, comme si de
rien n'était, en se déclarant même très malheureux de les avoir perdus, j'ai osé demander

à Mme Arnal ce que c'était que le concubinage.
Elle a commencé une explication vague, s'est
troublée et a fini par me dire, en me fouillant
de ses yeux profonds, qu'il ne fallait jamais
parler de ces choses-là, que tout ça « c'était
bien vilain ».

Ce qui est vilain, aussi, c'est de ramasser du
crottin dans la rue. Pourtant le père Merlin,
tous les soirs régulièrement, recueille celui du
quartier. Il se promène dans les rues, pendant
une petite heure, avec une pelle et une brouette.
Quand il rentre, sa brouette est toujours pleine.
On dirait que les chevaux le connaissent —
et qu'ils tiennent à lui faire plaisir.

J'ai voulu l'aider autrefois dans sa chasse à
l'engrais, dans ses pérégrinations à la recher-
che de la fiente chevaline. Mais Louise m'a
rencontré un soir, précédant la brouette, la
pelle sur l'épaule, faisant le service d'éclaireur ;
elle a prévenu mon père qui m'a formellement
défendu de continuer à me compromettre. Un
Barbier ramasser du crottin ! Est-ce que j'aurais l'intention de devenir républicain, par hasard ? Ma sœur en rougissait jusqu'aux oreilles.

Le lendemain soir, comme je voyais le père
Merlin rôder autour de sa brouette et que je

cherchais un prétexte pour ne pas l'accompagner, il m'a dit lui-même de ne pas venir avec
lui.

— Car on te l'a défendu, n'est-ce pas ?

— Oui, monsieur.

Il a haussé les épaules. C'est son habitude.
Que je lui parle de mes parents, des voisins,
de ce qui se passe dans le quartier ou dans la
ville, il hausse les épaules. C'est surtout lorsque je lui demande un bouquet de la part de
ma sœur qu'il a un petit mouvement d'épaules
accompagné d'un mince sourire railleur —
toujours le même — qui en dit long. Il ne doit
guère se tromper sur le compte de Louise. Il
ne m'en a jamais parlé mal, c'est vrai — il ne
cancane pas — mais on voit qu'il est fixé à
son sujet. Au sujet de bien d'autres aussi, sans
doute. Il doit savoir juger les hommes, le père
Merlin, avec ses yeux clairs, et c'est peut-être
pour cela qu'il les méprise un peu — et qu'il
n'en dit rien.

Son haussement d'épaules ne signifie pas :
« Ce que vous me dites ne m'intéresse pas. Ça
me laisse froid. » Il veut dire : « Je le savais
avant vous ; seulement je veux faire comme si
je ne le savais pas. »

Il y a une chose qu'il ne sait pas, pourtant. C'est que j'ai beaucoup de sympathie pour lui. Il ne le sait pas, car il serait plus ouvert, il aurait plus de confiance en moi s'il s'en doutait et nous pourrions causer sérieusement — comme deux hommes. — Il faudra que je lui apprenne ça, et — le plus tôt possible.

Tiens ! le voilà qui sort de la maison et qui descend au jardin. Il est plus pâle que d'habitude ; il a toujours son bandeau blanc autour de la tête. Je vais lui demander des nouvelles de sa santé et tâcher de le faire causer. Il peut se fier à moi et me raconter tout ce qu'il voudra. Je ne dirai rien, à la maison.

— Vous allez souvent à Paris, maintenant, monsieur Merlin ?

— Mais oui.

— Papa m'a dit qu'il y a quelque temps, vous y avez été pour l'enterrement de Victor Noir.

— Ah !

— Est-ce que c'était un bel enterrement ?

— Un enterrement comme tous les autres : beaucoup moins de morts que de vivants.

— Ah !... Et la dernière fois, vous y êtes resté trois jours ?

Pas de réponse.

— Est-ce que c'est à Paris que vous vous êtes fait mal à la tête?

Le père Merlin m'a pris aux épaules, m'a fait tourner comme un toton et m'a mis bien en face de lui.

— Ecoute, petit. Je n'aime pas les espions. Si tu as envie de faire ce sale métier, il ne faut pas venir chez moi. Il faut aller ailleurs. Ou plutôt, il vaut mieux rester chez ceux qui t'envoient. Tu as compris? Je ne te répéterai pas ça deux fois.

Et il est allé s'asseoir sous le berceau, devant une table où sont déposés ses journaux.

Ah! c'est comme ça?... Ah! tu doutes de moi?... Ah! tu n'as pas confiance en moi?... Tu me traites d'espion?... Eh bien! tu peux parler mon bonhomme! Tu peux parler, et tu verras si l'on te reçoit encore chez nous... tu peux parler!

Je dirai tout!

Mais le vieux est en train de lire un journal et n'a pas l'air de vouloir desserrer les dents... Si, il vient de déposer son journal pour bourrer sa pipe et il a murmuré :

— Nous allons voir combien de temps ces cochons-là vont encore nous épousseter avec leurs panaches.

J'ai entendu. C'est tout ce qu'il me faut.

— Monsieur Merlin, je m'en vais.

— Si tu veux.

— Ah! te voilà, s'écrie Louise qui vient m'ouvrir. Ce n'est pas malheureux, j'ai cru que tu y coucherais. Eh bien?

Je lâche la phrase que je viens d'entendre. Je n'ai pas eu le temps d'en oublier une syllabe.

— Eh bien! il a dit : « Nous allons voir combien de temps ces cochons-là vont encore nous épousseter avec leurs panaches. »

— Tonnerre de Brest ! s'écrie M. Pion... Pardon, mesdames... Quel est le salaud qui a dit ça?

— C'est M. Merlin, dit ma sœur en étendant les bras.

— Misérable ! Gredin !

— Il a tort, grand tort, affirme tranquillement M. Beaudrain. Il ne faut pas médire du panache, eh ! eh ! ; il a du bon, eh ! eh ! eh ! La France a grandi à l'ombre de deux panaches: celui du Béarnais et celui de Napoléon.

3

— Oser dire des choses pareilles ! s'écrie
ma sœur.

— Et le jour même où l'on parle d'illuminer
la ville pour fête le départ de nos braves troupiers, gémit Mme Arnal.

Je tends l'oreille. Comment ? On parle d'illuminations ?

Oui. Et ces messieurs sont justement venus
pour s'entendre avec mon père au sujet de la
décoration de la rue. M. Beaudrain déclare,
peut-être pour calmer un peu M. Pion, toujours
furieux contre le père Merlin, qu'il a encore en
sa possession les lanternes vénitiennes qui lui
ont servi en 48.

— Ah ! en 48. « Des lampions ! Des lampions. »

Et, tous les souvenirs guerriers de ces messieurs leur revenant en mémoire, ils remettent
sur le tapis des histoires que je connais par
cœur : le gigot de Louis-Philippe au bout des
baïonnettes, les barricades, une femme aux longs
cheveux dénoués brandissant une escopette
qui avait frappé tout particulièrement M. Beaudrain, et un jeune voyou, porté par les cheveux, à bras tendu, par un municipal à cheval,

dont l'image ne peut s'échapper du cerveau de mon père.

On en oublie un peu les illuminations, le départ des soldats.

— Ainsi, papa, tu es bien de mon avis, demande Louise à mon père, quand nous sommes seuls, il faut défendre à Jean de retourner chez le père Merlin.

— Oh ! je n'y retournerai pas !

— Alors, tu vois bien, fait mon père, que ce n'est pas la peine de le lui défendre... D'ailleurs, ajoute-t-il, je ne suis pas d'avis de me brouiller avec quelqu'un pour des bêtises, pour de la politique...

Des bêtises ! Des insultes lancées à notre brave armée, à ceux qui nous gouvernent, qui vont nous mener à la victoire, comme disait tout à l'heure M. Pion ? Des bêtises ! les injures de ce vieux brigand de républicain qui ne respecte rien et qui n'a confiance en personne ?...

Mon père n'a pas de nerf.

IV

C'est aujourd'hui que part le dernier régiment caserné dans la ville : un régiment de ligne.

Léon et moi, nous avons été l'attendre sur la place du Marché pour l'accompagner jusqu'à la gare.

C'est épique le départ des troupes. Jamais je n'ai éprouvé ce que j'éprouve. Il y a dans l'air comme un frisson de bataille et le soleil de juillet qui fait briller les armes et étinceler les cuirasses, vous met du feu dans le cerveau. La terre tremble au passage de l'artillerie qui va cracher la mort, et le cœur saute dans la poitrine pendant que rebondissent sur les pavés les lourds caissons aux roues cerclées de fer, pendant que s'allongent au-dessus des affûts les canons de bronze à la gueule noire. Les musiques jouent des hymnes guerriers, on chante la *Marseillaise*, l'or des épaulettes

et les broderies des uniformes éclatent au
soleil, les drapeaux clapotent aux hampes où
l'aigle ouvre ses ailes, les fers des chevaux
luisent comme des croissants d'argent et l'on
sent planer au-dessus de cette masse d'hommes
parés pour le combat, au-dessus de ces bêtes
de chair et de fer qui vont se ruer à la bataille,
quelque chose de terrible et de grand, qui
vous bouleverse. Le sang gonfle les veines,
la fièvre vous brûle, et il faut crier, crier,
crier encore, pour ne pas devenir fou.

Ah! j'ai crié : « A Berlin! » depuis quelques jours. Je m'en suis donné à cœur-joie,
J'en ai presque attrapé une extinction de voix.
Pourvu que je puisse encore acclamer le régiment qui va venir...

— Est-ce qu'il va se décider, à la fin? demande Léon qui s'impatiente. Si nous allions
un peu plus loin?

— Mais non, mais non, nous sommes bien
ici.

C'est jour de marché, aujourd'hui. La place
est pleine de paysans qui ont apporté leurs
légumes; leurs étalages sont sous les arbres,
et, par-ci par-là envahissent les trottoirs. Nous
nous sommes casés entre une marchande de

salade et un vieux marchand d'oignons qui
guette les clients à quatre pattes. Il est obligé
de se tenir à quatre pattes parce que, à chaque
instant, un oignon se détache du tas et roule
sur le bitume; le vieux n'a qu'à étendre la
main pour le ratteindre. C'est un malin, ce
vieux-là.

Bon! un oignon qui roule. Le marchand se
précipite pour le rattraper; mais un officier
qui passe, botté et éperonné, vient de mettre
le pied dessus. Il glisse et tombe sur le genou.

Le vieux retire sa casquette.

— Pardon, excuse, mon officier.

L'officier se relève, saisit sa cravache par
le petit bout et, à toute volée, envoie un coup
de pommeau sur le crâne dénudé du vieux qui
tombe à la renverse. Du sang jaillit sur les
oignons.

— V'là l'régiment! crie Léon.

La musique éclate au bout de la rue. Nous
nous précipitons.

— As-tu vu ce pauvre vieux?

— C'est bien fait. Il n'avait qu'à faire attention à ses oignons. Si l'officier s'était cassé la
jambe, hein?

Je ne réponds pas. Je suis trop occupé à

regarder les soldats que nous escortons sur le trottoir, marchant au pas, en flanqueurs.

Les soldats, eux, ne marchent pas trop au pas : le trouble et l'enthousiasme, la joie d'aller combattre les Prussiens, l'émotion inséparable d'un départ — un tas de choses. — Il y a un vieux chevronné, à côté de moi, qui titube. Un officier tout jeune, presque sans moustaches, lui remet toutes les deux minutes son fusil sur l'épaule. Ça fait plaisir de voir l'union qui règne entre officiers et soldats. Le colonel, un vieux tout gris, salue de l'épée quand on l'acclame et un clairon, au premier rang, a fourré un gros bouquet de roses dans le pavillon de son instrument qu'il porte comme un saint-ciboire. D'autres bouquets sont enfoncés dans les canons des fusils, des bouteilles montrent leurs goulots sous la pattelette des sacs et deux ou trois chiens, les pattes croisées, sont étendus sur la toile de tente roulée autour des havre-sacs. On applaudit les chiens.

Place du Marché, tous les paysans sont accourus. Ils font une ovation au régiment. Et, devant la boutique du pharmacien qui fait le coin, quatre ou cinq grands gaillards qui viennent d'en sortir agitent leurs casquettes. L'apothicaire aussi remue son mouchoir blanc, pendant que, derrière lui, à travers ses jambes, on aperçoit la blouse bleue du marchand d'oignons, étendu sur le parquet.

Rue Duplessis, à chaque pas, des habitants se jettent dans les rangs, offrant des pains, des saucissons, des bouteilles rouges, des bouteilles jaunes, des bouteilles vertes. Je reconnais M. Legros, l'épicier — marchand de tabac, notre voisin. Il a apporté des cigares qu'il distribue.

— Tenez, tenez. Et ce sont des bons : des deux sous... bien secs...

Il fait l'article comme s'il voulait les vendre. L'habitude! Un soldat s'y trompe.

— Est-ce que t'aurais le toupet de ne pas nous les fournir à l'œil, tes cigares, eh! sale pékin?

M. Legros proteste. Malgré tout, il a de la peine à s'en tirer.

— A l'œil, mes cigares, à l'œil. Et tenez, mon brave, si vous avez besoin d'allumettes, voilà ma boîte.

De-ci de-là, on entraîne les troupiers dans les cabarets. Devant Beaugardot, le marchand de meubles d'occasion, des fauteuils anciens sont alignés sur le trottoir. Des soldats vont s'y asseoir avec armes et bagages et refusent de se lever. C'est un commencement de débandade.

Mais, tout à coup, la musique entame la *Marseillaise*.

> Allons enfants de la patrie,
> Le jour de gloire est arrivé...

Ah! que c'est beau. Les soldats ont repris leur rang. Des acclamations enthousiastes les suivent jusqu'à la gare.

A travers les grilles, un troupier me passe son bidon et me prie d'aller le remplir chez le marchand de vin, en face. Il fouille dans sa poche.

— Attendez, je vais vous donner des sous.

Mais je ne veux pas de son argent; j'ai justement un franc dans ma poche. Je lui paierai son litre.

— Tenez, voilà votre bidon.

— Merci bien, jeune homme. C'est peut-être le dernier litre que je boirai que vous m'offrez là.

3.

— Le dernier ! s'écrie Léon, se dressant sur la pointe des pieds, rouge comme un coq, tellement il est joyeux de remonter le moral d'un guerrier, le dernier !... Ah ! nous vous en offrirons bien d'autres, quand vous reviendrez vainqueur !

Des bourgeois qui nous entourent applaudissent, mais le soldat hoche la tête.

— Merci tout de même...

Il n'a pas l'air d'avoir confiance, réellement.

— Comprends-tu ça ? me demande Léon en revenant. Douter de la victoire ! Partir avec aussi peu d'enthousiasme !... Moi, je donnerais je ne sais quoi pour pouvoir aller rosser les Prussiens...Tiens, ce soldat n'a pas de cœur !...

Je ne sais pas trop. Il ne considère peut-être pas la guerre comme une partie de plaisir, il s'en fait peut-être une idée plus exacte que nous, au bout du compte. Et des tas de choses auxquelles je n'ai pas encore pensé se présentent à mon esprit...

— Eh bien ? Etait-ce beau ? me demande mon père qui prend le café, sous la tonnelle du jardin, avec M. Beaudrain et M. Pion.

— Oh ! oui.

— Beaucoup d'enthousiasme, comme toujours? crie M. Pion. Un entrain endiablé! Moi, voyez-vous, j'ai dû renoncer à assister au départ des troupes. Ça me faisait trop de mal de ne pas partir avec eux... Une guerre pareille! Une guerre qui sera une seconde édition de la campagne de Prusse...

— En 1806, fait M. Beaudrain... Iéna...

— Parfaitement. Vous connaissez le mot *historique* dit avant-hier à Saint-Cloud par un personnage des plus haut placés : « Cette guerre de 1870, comme celle de 1859, sera menée *tambour battant.* » L'Empereur, qui entendait, a souri... Il a souri, messieurs, répète M. Pion en tordant sa longue moustache.

— Le fait est que les Allemands ne sont guère de taille à se mesurer avec nous, dit mon père. Les services de leur armée sont très défectueux, les vivres manquent, les hommes de la landwehr se refusent à prendre les armes, l'argent devient de plus en plus rare... Toutes les grandes maisons de commerce font faillite les unes après les autres...

— Oh! le choc sera rude, fait M. Beaudrain; mais nous en sortirons vainqueurs. L'instinct me le dit, l'observation profession-

nelle me le démontre. Dans l'histoire passée
on peut lire l'histoire future.. Et puis, quel
enthousiasme! Quelles manifestations magni-
fiques!... Un peu de surexcitation factice, me
direz-vous? Mais non, mais non! L'effet produit est grand. Je dirai plus : il est utile...
Voyez, messieurs, voyez, d'ailleurs — et
M. Beaudrain tire un journal de sa serviette
— voyez l'avis d'un homme généralement
froid, toujours sensé, d'un universitaire —
M. Beaudrain incline la tête — M. Francisque
Sarcey :

« Il faut crier fort si l'on veut être entendu
loin.

« Si ce foyer pétillait d'une flamme moins
vive, il ne répandrait pas sa chaleur sur le
reste de la France; son *contre-coup* ne s'en
ferait pas sentir aussi vite au fond des campagnes, un peu plus lentes à s'émouvoir.

« Qu'on se rappelle l'immortel élan de 92.
C'étaient les mêmes transports qui préludèrent
aux mêmes victoires. »

— Etc., etc. Messieurs, veuillez m'excuser,
mais l'heure de mon cours va bientôt sonner
et vous permettrez... A ce soir, mon cher
Jean...

Et le professeur disparaît, sa serviette sous le bras.

— Et nos généraux, s'écrie M. Pion en frappant sur l'épaule de mon père. Croyez-vous qu'ils vaillent les princes de Prusse?

— L'Empereur a agi sagement en se réservant le commandement en chef, dit mon père.

— Et en confiant le poste de major général au maréchal Le Bœuf. Il a préparé la victoire de longue main celui-là. C'est grâce à lui que tout est prêt.

— Et Mac-Mahon, qu'en dites-vous.

— On l'a vu à l'œuvre.

— C'est comme le général de Cousin-Montauban.

— C'est Bazaine qui m'intéresse tout particulièrement. C'est un compatriote, un enfant de Versailles...

— A qui le dites-vous? Sa maison est à deux pas de la mienne.

— Ah! dites donc, il y a dans le *Figaro* d'aujourd'hui un article sur le général Frossard, le gouverneur du Prince Impérial... un article d'Edouard Lockroy... c'est très intéressant.

« Le général Frossard est un homme âgé, froid, calme. On le dit un stratégiste de premier

ordre. Depuis longtemps, il n'a rien com-
mandé. Le général Frossard a expliqué à son
auguste élève toutes les guerres de l'Empire.
Il promenait des soldats de plomb sur une carte
d'E.rope et le jeune Prince les renversait avec
de petites boulettes de mie de pain lancées par
de petits canons en bois.

« Quand le général Frossard voulut raconter la campagne de Waterloo et faire rétrogra-
der l'armée française, le Prince Impérial se
fâcha :

« — Non!... Jamais!... s'écria-t-il avec un
mouvement de colère. Et, malgré les instances
de son précepteur, il disposa ses batteries et
écrasa d'un coup l'armée anglaise, l'armée
prussienne, Blücher et Wellington. »

— Ah! c'est beau! s'écrie M. Pion... c'est
beau !... Et nous douterions de la victoire!
Allons donc!

Non, il n'y a pas à en douter. Mille fois non.
Et si le soldat de la gare était ici... Par le fait,
il avait l'air d'un imbécile; une figure idiote —
quelque Bas-Breton — un illettré.

Oui, un illettré; ah! s'il pouvait lire les
journaux, comme moi...

Car je lis les journaux, tous les jours, sans

me cacher, en propriétaire. Mon père ne m'en empêche pas et ma sœur, heureuse de pouvoir causer avec moi des événements du jour, me les passe elle-même.

J'apprends ainsi que « c'est à peine si l'on s'aperçoit qu'un vide s'est produit dans nos arsenaux », que « la guerre ne peut avoir aucune surprise inquiétante pour nous; notre admirable corps d'éclaireurs, dont le moindre trappeur rendrait des points à Bas-de-Cuir, sondera le terrain devant chaque soldat »; et que « l'administration française a, de son côté, un service d'espions parfaitement organisé ».

J'ai lu la réponse de l'Empereur à l'adresse du Corps législatif. J'ai vu comment il a répondu à l'Impératrice qui disait au Prince Impérial, en l'embrassant, au moment du départ :

— Adieu, Louis! et surtout fais ton devoir.

— Madame, nous le ferons tous.

J'ai vu comment il a veillé aux arrangements de sa maison militaire avec une austérité toute spartiate. Son domestique est réduit à un seul valet de chambre. Deux cantines suffiront à transporter tout le bagage impérial. « Pour bien faire la guerre, a répondu Sa Majesté à un général, il faut la faire en sous-lieutenant. »

Il paraît que l'enthousiasme est énorme, en province, au passage des régiments.

« On s'embrasse, dit la *Liberté* — un journal sérieux, — les mains et les cœurs s'étreignent. Il faut bien le dire, le succès est surtout pour les zouaves et les turcos, qui sont d'un entrain effroyable et d'une verve étourdissante.

« — Ah! disent-ils, les Prussiens ont voulu voir la ménagerie d'Afrique? Eh bien! ils la verront! »

« De fait, ils sont effroyables à voir : à moitié nus, coiffés de rouge, l'œil allumé par le patriotisme et le vin! Pauvre landwehr!

« Au moment où j'écris, douze cents zouaves entrent en gare, perchés sur les wagons, dansant un cancan échevelé et hurlant à pleins poumons. »

Ah! les turcos! j'aurais tant voulu les voir passer!... Et les zouaves!

J'en ai vu un — sur un journal illustré qu'expose le libraire, au bout de la rue. — Il est couché à plat ventre, en face d'un Prussien qui le regarde, de l'autre côté de la frontière.

— C'est-y joli, Berlin? demande le zouave.
— Et Paris?

— Qué qu'ça t'fait? T'y vas pas.

Il y a aussi une caricature qui représente un militaire faisant ses adieux à sa payse.

— Reviendras-tu bientôt? dit la payse.

— Parbleu! Un tour de Rhin et un tour de Mein, et je reviens.

C'est très drôle.

Ce qui est drôle, aussi, c'est les nouvelles à la main des journaux :

« Connaissez-vous la dernière mode? Appeler son chien Bismarck et lui accrocher un écriteau portant : «Vive la France! » Faire acclamer la France par Bismarck, c'est tout de même raide. »

Ou bien :

« M. de Bismarck nous reproche de faire usage des turcos !... Tout ce que nous pouvons vous promettre, Monsieur de Bismark, c'est que le turco, devenu Français maintenant, y mettra de la décence, il n'abusera pas trop du... Prussien. »

Les chansons sont plus sérieuses, — mais aussi belles :

> Puisque c'est l'heure de la haine.
> Faisons parler les chassepots...

Et puis, celle-ci, dont l'auteur est le prince Pierre Bonaparte :

> Berceau du progrès, pays magnanime,
> Ton bras glorieux qui frappe et rédime,
> Reprend sa vigueur et reporte enfin
> Notre aigle immortel aux rives du Rhin.

Et puis, la chanson des marins — car la flotte va entrer en scène et les Prussiens ont été prévenus qu'ils pouvaient, « s'ils tenaient à conserver un spécimen de leur marine, le placer immédiatement dans le musée de Berlin ». — Ma sœur la chante, cette chanson-là. Du matin au soir on lui entend répéter le refrain :

> Et vous, hache au poing, race antique,
> Debout, matelots ! ... La Baltique
> Dresse pour vous ses flots vengeurs !

Je ne fais pas que lire les journaux. J'ai des occupations plus sérieuses : je copie les proclamations. J'ai acheté un cahier tout exprès pour ça. Léon aussi. Nous rôdons par la ville, épiant le moment où l'afficheur colle sur les murs des carrés de papier blanc, à l'affût des placards émanant de l'autorité. Nous passons notre

travail à M. Beaudrain — qui le recopie sur un
beau registre à fermoir.

Entre autres choses importantes, nous avons
déjà transcrit la Proclamation de l'Empereur
au Peuple et la Proclamation à l'Armée.

Dans la première, il est dit que :

« Le glorieux drapeau que nous déployons
encore une fois devant ceux qui nous provo-
quent est le même qui porta à travers l'Europe les idées civilisatrices de notre grande
Révolution. »

Et, dans la seconde :

« De nos succès dépend le sort de la liberté
et de la civilisation. »

D'ici peu, nous nous livrerons à d'autres travaux. Jules a fait cadeau à Léon d'une carte
du Théâtre de la Guerre, avec de petits drapeaux pour marquer les positions des belligérants. Les petits drapeaux dorment dans leur
boîte, fraternellement, drapeaux prussiens et
drapeaux français, en attendant que le canon
les réveille et qu'on les pique sur les places con-
quises.

Pour nous distraire, le soir, Léon et moi,
nous parcourons la ville avec une troupe de

camarades, en chantant la *Marseillaise* et le
chant du Départ.

> Mourir pour la Patrie,
> C'est le sort le plus beau...

— Sacrée bande de polissons! a crié l'autre
soir le père Merlin, par sa fenêtre, comme
nous passions devant chez lui en hurlant ça;
si vos parents n'étaient pas des ânes, il y a
longtemps qu'ils vous auraient flanqués au lit
à coups de martinet!

Quelle vieille canaille!

V

Je viens de planter un petit drapeau tricolore sur Saarbruck.

— Si tu veux, me dit Léon, nous laisserons
la carte du Théâtre de la Guerre toute ouverte
sur la table du salon. Comme ça, tous ceux
qui entreront ici pourront voir où nous en
sommes... Si nous piquions quelques drapeaux
d'avance sur la route de Berlin?

— Gardez-vous-en bien! s'écrie M. Beaudrain qui recopie sur son registre la dépêche
de l'empereur à l'impératrice, que nous venons
de lui apporter. Gardez-vous-en bien ! La
guerre nous réserve tant de surprises ! Savez-
vous si nous passerons par Francfort ou si
nous marcherons sur Rastadt? Connaissez-
vous le plan élaboré par notre état-major ?
Êtes-vous dans le secret des dieux?... Ah !
jeunes étourneaux... Mais, dites-moi donc,
êtes-vous bien sûrs d'avoir transcrit fidèlement

la dépêche?... « Louis vient de recevoir le
baptême du feu ; il a été *admirable de sang-
froid* et n'a *nullement été impressionné...* » Ça
fait un pléonasme.

— Monsieur, c'était comme ça.

— Ah !... « Une division du général Frossard
a pris les hauteurs qui dominent la *rive* gauche
de Saarbruck. »... La *rive*.., la *rive* d'une *ville*...
Vous êtes certains qu'il y avait : *la rive?*

— Oui, monsieur.

— « Nous étions en *première ligne,* mais les
balles et les boulets *tombaient à nos pieds.* »

— Monsieur, dit Léon, voilà une phrase qui
m'a étonné.

— A tort, mon ami, à tort. Cela prouve
simplement que les fusils à aiguille ne valent
rien... et démontre en même temps la supé-
riorité du Chassepot. « Louis a conservé une
balle qui est tombée près de lui. Il y a des
soldats qui pleuraient en le voyant si calme. »

M. Beaudrain essuie furtivement une larme
avec sa manche.

— « Nous n'avons eu qu'un officier et dix
hommes tués. » Les risques de la guerre !
soupire M. Beaudrain en refermant son re-

gistre ; on ne fait pas d'omelette sans casser des œufs.

Et il ajoute :

— Cette dépêche du chef de l'Etat est modeste. Elle l'est même beaucoup trop. Elle ferait croire à une simple escarmouche ; et c'est une grande victoire que nous avons remportée, une grande victoire !

Le soir, on a illuminé et on a pavoisé la ville. Je voudrais bien être à demain. Qu'est-ce que vont dire les journaux ?

Ils disent que la revanche de 1814 et 1815 a commencé, que la division Frossard a culbuté trois divisions prussiennes, que nos mitrailleuses ont impitoyablement fauché l'ennemi, et que l'empereur est rentré triomphant à Metz.

Il paraît que Sa Majesté semblait rajeunie de vingt ans. Le prince impérial était très crâne. Son œil bleu lançait des éclairs. Des milliers de soldats l'escortaient en lui jetant des fleurs.

On a bombardé et brûlé Saarbruck, aussi. Tant mieux. Ça apprendra aux Prussiens à démolir le pont de Kehl, les vandales.

Saarbruck ne redeviendra jamais plus allemand. C'est un journal qui l'affirme ; et il apprend au public qu'il est déjà « arrivé au ministère de l'intérieur six demandes pour la place de sous-préfet de Saarbruck ».

— Et ce n'est qu'un commencement, répète M. Pion en se frottant les mains, un tout petit commencement. L'armée allemande meurt de faim. Avant-hier, six cents Badois affamés ont passé la frontière et sont venus se faire héberger chez nous. Et puis, le roi Guillaume est malade.

— Ainsi, du reste, que le général de Moltke, fait ma sœur. Quant à Frédéric-Charles, il est gravement indisposé...

— Et Bismark a la colique ! s'écrie M. Legros en tamponnant son front avec son mouchoir, car il fait très chaud et il transpire facilement... Ah ! à quand la grande raclée ?

Oui, à quand ? A bientôt s'il faut en croire le petit tailleur de la rue au Pain, près du marché. Il vient de changer d'enseigne. Il a fait clouer sur sa boutique une grande bande de calicot portant ces mots :

AU PRUSSIEN

Spécialité de vestes.

VI

Des lampions et des drapeaux, des drapeaux
et des lampions. Il y en a partout, au-dessus des
portes, aux fenêtres, dans les arbres et aux ri-
delles des charrettes. Le boueux qui enlève les
ordures, le matin, a piqué un étendard d'un sou,
surmonté d'une plume rouge, sur le collier de
son cheval et la préfecture a arboré une grande
bannière, toute frangée, dont le gland d'or
balaie le trottoir. Versailles est enrubanné
comme un conscrit. Il a l'air d'avoir son plumet aussi ; on ne reconnaît plus les habitants,
tellement la nouvelle de la victoire les surexcite.
La ville est sens dessus dessous. Je n'ai jamais
vu ça. Il y a du monde dans les rues jusqu'à dix heures. Mon père m'a déjà emmené
deux fois au café avec lui, et j'ai profité de la
cohue — presque la moitié des chaises est
occupée, sur la terrasse ! — pour demander
des grenadines au kirsh. Mon père avale son

4

grog à petites gorgées en trinquant toutes les
deux minutes à la victoire de la France et à
la santé de l'empereur et nous ne partons que
très tard, après neuf heures et demie. Nous
passons par les rues qu'éclairent les lampions
et les lanternes vénitiennes aux raies multicolores. Ça sent la vieille graisse, et, quand on
passe trop près des murs, du suif fondu re-
bondit sur vos chapeaux et vous coule dans le
cou. C'est très beau.

Mais, tout à coup, un drapeau disparaît, puis
dix, puis vingt. On les arrache par centaines,
on les arrache tous et on décroche les lampions.

Les Prussiens sont vainqueurs. Wissembourg est pris !

D'abord, ç'a été un engourdissement. On en
est resté là. Puis, on s'est révolté, on n'a pas
voulu croire ; on a parlé de mensonge ignoble,
de manœuvre de Bismarck... Maintenant, on
sait à quoi s'en tenir : nous avons été surpris,
pris en traître, écrasés sous le nombre.

— Nous sommes manche à manche avec
les Prussiens, dit M. Pion, mais à nous la *belle*.

Eh bien ! nous l'avons gagnée, la belle ! Et

rapidement encore ! On vient de coller sur les
murs, ce soir, 6 août, une dépêche qui annonce une revanche de Mac-Mahon : le prince
de Prusse a été battu à plate couture et fait
prisonnier avec 40.000 hommes de son armée.

— 40,000 prisonniers ! s'écrie ma sœur...
Et on a bien dû en tuer autant... Croyez-vous
qu'on fusillera les prisonniers, monsieur Pion ?

— Non, mademoiselle. Ce serait contre le
Droit de la guerre... à condition qu'ils appar-
tiennent tous à l'armée régulière, car, dans le
cas contraire — M. Pion met en joue, avec ses
longs bras, un partisan imaginaire ; — dans le
cas contraire, on peut les passer par les armes
sans autre forme de procès. Vous savez que,
dans les guerres de l'Empire, particulièrement
en Espagne, tout habitant pris les armes à la
main était fusillé sommairement.

— Naturellement... C'est bien dommage
qu'on ne puisse exécuter ces Prussiens... Ah !
si nous avions des détails sur la bataille...

— Nous en aurons demain.

Heureusement qu'on n'a pas besoin d'avoir
des détails pour illuminer et pavoiser. Tout le
monde, en ville, a déjà sorti ses drapeaux et
rattaché ses lampions.

Non, pas tout le monde. Un cafetier de la
rue de la Paroisse n'a pas jugé à propos de
pavoiser son établissement. Pourquoi? C'est
ce que se demande la foule, qui s'est massée
sur le trottoir, en face de chez lui. Un vieux
monsieur à la face placide, toute glabre, que
j'ai vu bien souvent assis sur un banc du
square Hoche, sa canne à bec de corne entre
les jambes s'écrie :

— Ce sont des Prussiens !

— Des Prussiens ! Oui, des sales Prussiens !
A bas les Prussiens !

Et une chaise de la terrasse, lancée à toute
volée, brise la glace de la devanture. Le tu-
multe augmente. Les vociférations se croisent.
On continue à jeter des chaises et des pierres
contre les vitres et les becs de gaz.

— A bas, les Prussiens ! A mort, les Prussiens !

Je ramasse un caillou et je le lance de toute
ma force. Malheureusement, tout est déjà cassé
et mon caillou ne cause aucun mal. J'en suis
désolé.

— A bas, les Prussiens ! A mort, les Prussiens !

Le patron et la patronne du café sortent en

faisant des gestes. Mais on les accueille par des huées, par des grossièretés sans nom.

Ça me semble exagéré ces insultes, car enfin si ce n'étaient pas des Prussiens ?

La femme rentre, terrifiée, en se bouchant les oreilles, pendant que le mari reste sur le seuil de la porte. Il est tout pâle, mais on voit qu'il n'a pas peur. Ce ne doit pas être un Prussien.

Tout d'un coup, tendant les poings vers la foule, il crie :

— Lâches !... Imbéciles !... Sauvages !...

Il y a un mouvement de recul, et le vieux monsieur, au dernier rang, profite d'un moment d'accalmie pour dire :

— Arborez le drapeau français et l'on vous laissera tranquille.

La patronne, qui a dû entendre, apparaît à une fenêtre du premier avec un drapeau qu'elle déroule. On applaudit... Mais, presque aussitôt, les huées et les injures recommencent : le drapeau est un drapeau anglais, tout rouge, avec un petit carré bleu, rayé d'argent à l'angle.

Un monsieur, employé à la préfecture, cravaté de blanc, et un maçon, se précipitent sur le propriétaire du café ; celui-ci, d'un coup de

4.

poing en pleine figure, envoie rouler l'employé
sur le trottoir, le nez en sang; mais il est
saisi à la gorge par la main plâtreuse du maçon. Alors, la foule se rue...

— Arrêtez! arrêtez! au nom de la loi!

C'est la police, le commissaire, ceint de son
écharpe, en tête. On se disperse, à la hâte.

J'apprends, en rentrant à la maison, par
M. Legros, que le cafetier n'est pas un Prussien. Il le connaît : il lui fournit des cigares.
C'est un Anglais naturalisé français, mais sa
femme est Anglaise.

— Vous comprenez bien, fait M. Legros
qui plaide la cause de son client, vous comprenez bien qu'il est excusable jusqu'à un
certain point; c'était son droit, après tout, de
ne pas pavoiser.

— Son droit! son droit! rugit M. Pion,
parce qu'il n'est qu'à moitié Français? parce
que sa femme est Anglaise? Pourquoi vient-il
manger notre pain, alors?

— Il ne mange le pain de personne; il mange
le pain qu'il gagne... à mon avis, du moins.

— A votre avis? Possible. Pas au mien. Un
étranger, c'est un parasite, ni plus ni moins.

Je ne connais que ça et le port d'armes. D'abord, on devrait tous les expulser, dans ce moment, les étrangers : ce sont tous des espions.

Il me semble que M. Legros, pour une fois, a raison. On a eu tort de briser les glaces du cafetier et de le maltraiter. Je regrette presque le caillou que j'ai lancé. Et puis, je me souviens de n'avoir pu retenir un mouvement d'admiration lorsqu'on a déployé le drapeau anglais. Il est très beau le pavillon anglais, beaucoup plus que le français. Au point de vue de la couleur, bien entendu, car, aux autres points de vue, le drapeau français est seul et unique en son genre. Je le vois flotter aux fenêtres, ce drapeau qui a fait le tour du monde... Eh bien! oui, plus je le regarde, plus je le trouve agaçant, gueulard et crapuleux. Je n'irai dire ça à personne, pour sûr.

Ce ne serait guère le moment. On vient d'apprendre que la bataille annoncée par la dépêche n'a pas eu lieu et que, par conséquent, nous n'aurons la peine d'héberger ni le prince de Prusse ni ses 40,000 hommes. La déception est énorme. Les drapeaux et les lampions ont disparu des façades comme par enchantement. Il paraît que ce n'était qu'un canard, un coup de Bourse.

— A Paris, nous dit Mme Arnal qui en revient, on a envahi la Bourse et l'on a brisé toutes les chaises ; puis, on a été saccager une maison de banque allemande.

Très bien ! ça servira de leçon aux Prussiens.

— Et figurez-vous, continue-t-elle, qu'on a rencontré Capoul dans la rue et qu'on lui a fait chanter la *Marseillaise*. Si vous aviez pu entendre ça ! C'est un si bel homme, ce Capoul, et il chante si bien !

— Avec la *Marseillaise*, dit M. Pion, le Français est invincible.

Voilà : A Wissembourg, on n'avait pas chanté la *Marseillaise*. Maintenant, on va la chanter partout, et, ça va changer de note. J'ai copié tout à l'heure une dépêche ministérielle qui en dit long sans en avoir l'air :

« L'ennemi paraît vouloir tenter quelque chose sur notre territoire, ce qui nous donnerait de grands avantages stratégiques. »

Et j'ai lu un journal qui affirme que « la prise de Wissembourg est une faute commise par l'armée prussienne. »

« Si les Prussiens ont l'audace de s'avancer

en France, ajoute-t-il, ils n'en sortiront pas
vivants. »

Alors, ils sont perdus, car ils s'avancent à
pas de géants. J'en ai déjà planté pas mal,
des drapeaux noirs et blancs, sur la carte du
Théâtre de la Guerre, dans les Vosges et sur
'a Moselle! et il faut que j'en pique encore un
sur Wœrth, et un autre sur Forbach, où,
pourtant, Frossard a *failli vaincre*.

Oui, nous sommes battus par les Prussiens,
mais **battus** glorieusement, héroïquement,
battus comme Roland à Roncevaux, battus
comme une poignée de chevaliers succombant
sous les coups d'une horde entière de barbares. Beaux vainqueurs, vraiment, que ces
vandales qui s'embusquent pour surprendre
les corps les plus faibles et les écraser sans
danger! Beaux vainqueurs, que ces lâches
Teutons qui ne savent combattre que lorsqu'ils sont dix contre un !

M. Pion ne dérage pas. Il traite les Prussiens de cochons, de brutes, de sauvages,
depuis le matin jusqu'au soir.

M. Beaudrain cite le vers fameux :

A vaincre sans péril on triomphe sans gloire.

Et il ajoute chaque fois :

— Eh ! eh ! on jurerait que Corneille a prévu les Prussiens.

Cependant, il ne faut pas désespérer. Tout n'est pas perdu. On vient d'afficher une pro-clamation de l'Impératrice :

« Vous me verrez la première au danger pour défendre le drapeau de la France. »

— Des phrases comme ça vous réconfortent, dit Mᵐᵉ Pion. C'est capable de réchauffer les plus froids.

— Pour sûr, répond M. Legros qui s'éponge avec énergie.

Mon père lit le journal du jour.

« Les Prussiens sont à bout de souffle.

« La Prusse foule notre terre française. Songez-vous bien à cela ? Oui, n'est-ce pas ? — Et vous avez compris ? Et au lieu de craindre quoi que ce soit, vous riez, vous haussez les épaules, et vous vous apprêtez *aux voluptés du massacre?*

« Oui, n'est-ce pas ? vous allez venger les vieux de 1814, la France meurtrie et san-glante, laissée pour morte sous le talon des barbares ?

« Ce sera le dernier sang versé ! Soit ! Mais,

du moins, *qu'il soit versé par cataractes, avec la divine furie du déluge!*

« L'armée prussienne est chez nous! *Nous la tenons!* La voici *enfin*, non plus seulement en face de nos braves, mais en face de deux millions de citoyens, qui veulent mourir ou qui veulent tuer.

« La Prusse s'est laissée prendre à *cette ruse de la Providence. C'est Dieu qui a été le seul vrai tacticien dans toute cette affaire.* »

— Les Prussiens? dit Catherine qui vient annoncer que le dîner est servi et qui a entendu les dernières phrases; c'est le bon Dieu qui les punit.

Le 8 août le département de Seine-et-Oise est déclaré en état de siège.

VII

Le ministère Ollivier n'existe plus. C'est le général Cousin-Montauban, comte de Palikao, le vainqueur de la Chine, qui est le chef du nouveau cabinet. C'est un grand bien, car, ainsi que le dit M. Beaudrain, dans la situation actuelle, la plume doit faire place à l'épée.

— *Cedat toga armis*, répète-t-il depuis deux jours.

Le nouveau ministre de la guerre est un résolu. Il a dit, en prenant possession de son portefeuille :

— « Nous avons 3,760,000 jeunes gens de vingt à trente ans. Il s'agit de mettre cette force immense à même de résister, par le nombre qu'elle représente, à l'invasion prussienne. *J'en fais mon affaire.* »

— « L'esprit des populations envahies est excellent, a-t-il dit aussi au Corps législatif. Une dépêche que j'ai reçue m'annonce que

des dragons prussiens ayant fait une recon-
naissance dans un village, des paysans orga-
nisés militairement en francs-tireurs sont sortis
armés, ont tué dix dragons et ramené des
prisonniers. »

La Chambre a applaudi bruyamment.

D'ailleurs, l'Autriche et l'Italie vont nous
venir en aide. Après la première bataille, si
le sort favorise les armes françaises, ces puis-
sances entreront immédiatement en ligne.

Et pourquoi le sort ne nous serait-il pas
favorable? Les Prussiens qui manœuvrent
autour de Metz, maintenant, sont dans une
situation déplorable. Ces hordes immondes
meurent de faim et sont dans la boue jusqu'au
ventre.

« Ce qu'il faut, dit un journal, c'est être
prêt pour la retraite des Prussiens, retraite
qui, forcément, s'effectuera avant peu, et que
les volontaires changeront en déroute en se
jetant sur les flancs de l'armée. Surtout, pas
de paix qu'on ne les ait chassés de France !
Des coups de fusil, rien de plus ! Non, dussent-
ils ne rien demander en échange de leur victoire, ni un ruisseau, ni un écu, *dussent-ils
même nous faire des excuses,* il ne faut pas

5

subir la paix. L'âme de la France en serait humiliée et avilie pour jamais ! Ayons donc bon courage. *Dieu ne laissera pas couper la France, qui est sa main droite.* »

Tous les soirs, chez nous, il y a de grandes discussions politiques et stratégiques entre mon père, M. Pion et M. Legros. L'épicier-marchand de tabac tranche de l'important main-tenant, et veut avoir des idées à lui : il vient d'être nommé lieutenant de la garde nationale. Çà ne fait pas l'affaire de M. Pion qui parvenait toujours, jusqu'ici, à lui faire partager ses opi-nions, ou au moins à lui imposer silence. Ils vont parfois jusqu'aux mots aigres-doux. Heu-reusement M. Beaudrain met le holà.

— Il n'est peut-être pas mauvais que nous ayons été vaincus, dit M. Legros. Nous sommes tellement bavards, nous autres, si prompts à cancaner et à dénigrer, que nous avions besoin d'une leçon.

— Alors, qu'elle vous serve, dit M. Pion.

— Je parle des Français en général, mon-sieur.

— Le Français en général est magnanime, monsieur, chevaleresque, monsieur. Il tue, mais il n'insulte pas. Il combat au grand jour, sans embûches et sans traîtrises..... et quant à ceux qui lui souhaitent des défaites.....

— Vous ne parlez pas pour moi, j'espère ?

— Je parle des mauvais Français en général. D'ailleurs, maintenant que vous avez acquis un grade...

— Je n'ai rien acquis du tout ! s'écrie M. Legros qui doit son grade à l'élection. On m'a librement élu, librement, vous entendez ? Pourquoi ne vous êtes-vous pas présenté à l'élection, vous aussi ?

— Moi, répond M. Pion d'un air digne, moi, c'est autre chose. J'ai servi. J'ai occupé un grade élevé dans la hiérarchie militaire et je ne tiens pas, vous comprenez pourquoi, à faire partie d'une milice bourgeoise. Du reste, le gouvernement de l'empereur peut, d'un moment à l'autre, me confier un poste important...

— Ah ! oui, dans un magasin !... Car vous étiez capitaine d'habillement, n'est-ce pas ?

— A propos d'habillement, demande M. Pion qui rougit, avez-vous déjà fait faire votre uniforme de lieutenant ?

— Oui, monsieur.

— Et les galons ne vous gênent pas ?

— Vous verrez ça quand nous irons au feu !
s'écrie M. Legros furieux.

Monsieur Beaudrain intervient.

— Voyons, messieurs, voyons ; vous ne vou-
driez pas, au moment où l'ennemi a les yeux
sur nous, donner l'exemple de la discorde,
des dissensions intestines... des... des...
voyons, voyons...

M. Pion se calme et M. Legros passe sa
rage sur le préfet qu'il accuse de ne pas vouloir distribuer les fusils qu'on lui expédie.
C'est honteux : les hommes de sa compagnie
sont obligés de faire l'exercice avec des bâ-
tons. Ils ont un fusil à piston pour douze et
une baïonnette pour six. Ce n'est vraiment
pas le moyen d'encourager une population
qui perd déjà confiance. Si l'administration
était moins bête...

— Ne calomniez pas le gouvernement
impérial, fait M. Pion, sévèrement.

— Mais, fichtre de fichtre ! on prend des
précautions, au moins ; on ne livre pas un
département sans défense aux coups de l'ennemi... Avez-vous vu cette invitation ridicule
lancée à tous les pompiers de France de
venir défendre la capitale ?

— Je l'ai copiée hier, dit M. Brandrain.

— Croyez-vous qu'on ne ferait pas mieux d'envoyer des armes aux paysans ?

— Il est peut-être déjà trop tard, fait mon père. Si on leur donnait des armes, ils ne mettraient pas longtemps à les enterrer. Pourvu qu'on ne touche pas à ce qu'ils possèdent, ils se fichent pas mal du reste, allez.

— Vous exagérez, répond M. Legros. Mais il est certain que nos populations sont bien abattues. Et si deux régiments de Prussiens, seulement, se présentaient devant Versailles, nous n'aurions qu'à leur ouvrir les portes.

M. Pion lève les épaules.

— On voit bien, monsieur Legros, que vous n'avez ancune expérience des choses de la guerre : on ne prend pas une ville comme ça.

Eh bien! si, on prend les villes comme ça, Quatre uhlans prussiens, le 12 août, à trois heures, ont pris possession de Nancy.

La nouvelle produit une émotion profonde. Quatre uhlans ! Est-ce possible ? Nancy ! capitale de la Lorraine ! Une ville de cinquante mille habitants ! Mais il n'y avait donc plus de soldats ?

Pas un seul.

Et les citoyens ?

Ils n'avaient pas d'armes.

— Alors, hurle M. Pion, le maire de Nancy aurait dû se faire tuer !

— Pourquoi? demanda M. Legros étonné.

— Pour l'exemple, Monsieur !

La population, comme avertie par un de ses pressentiments précurseurs des catastrophes, se décourage tout à fait. De temps en temps elle s'anime ; on dirait qu'elle a la fièvre.

Un beau jour, on s'aperçoit que, depuis dix ans, les pâturages du plateau de Satory sont affermés à des Allemands et que des gens suspects occupent les abords de l'École de Saint-Cyr. Là-dessus, on ne voit plus partout qu'espions prussiens : on jette des pierres dans les fenêtres des maisons occupées par les étrangers. Un sergent de ville, voyant un aveugle marcher lentement en tâtant devant lui le terrain avec son bâton, lui donne un croc-en-jambe « pour voir si c'est un vrai aveugle ». C'est « un vrai aveugle ». Et il tombe de toute sa hauteur sur le rebord du trottoir, si malheureusement qu'il se casse un bras.

Je n'ai pas encore vu arrêter d'espion —
mais j'ai vu arrêter un individu qu'on prenait
pour un espion. — C'était un vieux bonhomme, portant des lunettes bleues, qui
descendait du chemin de fer. Comme il
demandait son chemin à un cocher, le cocher,
voyant les lunettes bleues et mécontent sans
doute de ne pas avoir fait accepter ses services, a crié :

— C'est un espion.

On a saisi le vieillard, on l'a roué de coups,
on a lacéré ses habits, on a cassé ses lunettes,
et on l'a traîné chez le commissaire. Nous
avons attendu plus d'une heure devant le
commissariat. A la fin, le vieux bonhomme
est sorti, accompagné par un agent qui l'a
aidé à se rendre chez un de ses parents qu'il
était venu visiter.

Si l'on perd confiance à Versailles, il paraît
qu'à Paris on conserve bon espoir. Des amis
qui habitent la capitale et qui viennent nous
voir un dimanche, M. Arnal entre autres,
s'étonnent de nous voir conserver des doutes
sur l'issue de la guerre. Eux, ils n'en conservent pas. Ils sont certains du succès.
Bazaine va opérer sa jonction avec Mac-Ma-

hon et leurs deux armées n'en formeront plus
qu'une seule, énorme, en face d'armées en-
nemies, décimées et épouvantées. Nous
pouvons, d'un moment à l'autre, reprendre
l'offensive sur toute la ligne. Ça dépend d'un
rien.

— A Paris, disent-ils, on attend le résultat
des opérations avec la plus entière confiance..

Le fait est qu'ils ne sentent guère la défaite.
Ils sont gais comme des pinsons.

Leur entrain a fini par nous gagner.

Nous avons été visiter le musée, au château,
avec eux. Nous nous sommes arrêtés longue-
ment, dans la galerie des Batailles, devant
les toiles qui représentent les victoires de la
République et de l'Empire.

— Ah! il y avait de rudes lapins, dans ce
temps-là ! dit M. Arnal en secouant la tête.

— Des Romains, dit M. Beaudrain.

Devant le tableau qui représente la bataille
d'Iéna, mon père fait halte en frappant le parquet du pied. Il a l'air mécontent. C'est son
habitude, quand il arrive devant cette toile-là.
Il trouve que Napoléon n'est pas ressem-
blant.

— Il n'y est pas ! Ah ! dame, il n'y est pas...

N'est-ce pas, monsieur Beaudrain, il n'y est
pas?

— Pas tout à fait, en effet.

— Et pourtant, c'est d'Horace Vernet !
D'habitude, il le réussit bien... Ah ! ce diable
d'Horace Vernet !...

Et, comme on longe une interminable galerie peuplée de statues, mon père raconte l'histoire de l'hirondelle tracée avec un bouchon
noirci sur un plafond du Palais-Royal.

— Est-ce que vous croyez réellement,
demande M. Arnal en se croisant les bras
théâtralement, au bout de la galerie, est-ce
que vous croyez que, lorsqu'on a vaincu suc-
cessivement tous les peuples de l'Europe, on
peut se laisser flanquer une volée par ces
pouilleux de Prussiens?... Tenez, on devrait
faire visiter le musée de Versailles à toutes les
troupes qui partent pour la frontière. Ça les
électriserait.

Avant de rentrer à la maison, mon père fait
voir à ses invités, tout à côté, la propriété qui
appartient à Bazaine. Il est tout fier d'avoir
pour voisin l'illustre maréchal.

Le soir, à dîner, on trinque et on retrinque
aux succès de l'armée française et à la santé

5.

de l'Empereur. Au dessert, M. Arnal est un peu
parti. Et, malgré les coups de coude de sa
femme, il entonne.

As-tu vu Bismarck ?...

Ah ! ils sont sûrs de la victoire, les Parisiens !

Ils ont raison. Les bonnes nouvelles se succèdent. Dans la Baltique, une partie de la flotte
française bloque Kœnigsberg et une autre partie, Dantzig. L'Empereur a quitté Metz, le 14,
« pour aller combattre l'invasion », et le 16,
le 17 et le 18, des batailles sanglantes ont été
livrées aux Prussiens, dans lesquelles nous
avons eu l'avantage. Dans la journée du 18,
particulièrement, les Prussiens ont subi un
échec considérable. Trois divisions allemandes
ont été culbutées dans les carrières de Jaumont.
J'ai vu, dans les journaux illustrés, des dessins
d'envoyés spéciaux représentant la chute des
régiments tombant les uns sur les autres, dans
une horrible confusion. C'est un affreux entre-
mêlement d'armes, d'hommes et de chevaux.
Ça vous donne froid dans le dos.

On assure que, de la splendide armée du
prince Frédéric-Charles, il ne reste que des

débris. Et le ministre de la guerre a annoncé au Corps législatif que le corps entier des cuirassiers blancs de M. de Bismarck a été anéanti. Il n'en subsiste pas un.

Les étrangers, maintenant que nous sommes vainqueurs, ne cachent plus leurs sympathies pour la France. Le *Figaro* reçoit de Louvain une lettre d'un huissier qui exprime des sentiments communs à tous les Belges.

« Je ne suis qu'un huissier, dit l'auteur de cette lettre. — Je ne suis donc pas riche.

«' Tant que durera la guerre contre ces *brigands de Prussiens*, je vous enverrai chaque mois 20 francs, pour secourir les blessés français. Fils d'un révolutionnaire de 1830, je donne pour *mon père qui n'est plus...*

« Courage, Français ! — Si vous n'avez plus de chassepots, vous avez encore des couteaux et si cette dernière arme vous manque, alors... *alors, il vous reste de l'arsenic !*

« Faites qu'ils crèvent *tous* en France, tous les Prussiens qui ont eu l'audace de sortir de leurs bauges pour souiller le sol sacré de la patrie! O France de 89! les cosaques déposent leur fumier dans vos champs, qui ne devraient être abreuvés *que de leur sang !*

« Je suis marié et j'ai une petite fille... Eh
bien ! je prie Dieu chaque soir qu'il inspire aux
Prussiens une invasion dans notre pays : *j'au-*
rais l'occasion d'en tuer.

« Au revoir, monsieur, mais chut ! — pas
une syllabe à personne ni de mon nom, ni de
l'acte que j'accomplis. »

Ça vous met de la joie au cœur, des lettres
comme ça. On voit qu'on n'est pas abandonné,
au moins. Ces manifestations sympathiques
doivent remonter rudement le moral de nos
troupes. Pourtant, le 24, on apprend que
Bazaine est coupé. Il est vrai qu'on annonce,
aussitôt, « que le maintien des communications
du maréchal avec Verdun et Châlons n'entrait
pas dans les plans du commandant en chef ».

« La situation du maréchal Bazaine, dit un
journal, est le résultat d'une tactique heureuse.
Les Prussiens sont furieux de voir qu'il s'obstine à rester sous Metz. »

Il faut voir comme on se moque, maintenant,
du roi de Prusse, de son fils — notre Fritz —
et de ses généraux ! Quant aux simples Prussiens, ce sont des misérables qui meurent de
faim ; mais la France est toujours charitable :
lorsque nous les aurons vaincus — et le jour

de la vict⸗⸗e est proche — nous ouvrirons une souscription pour les nourrir.

— Et pourtant, dit mon père, ces gens-là ont recours, pour escamoter la victoire, à des procédés bien odieux.

— Je crois bien ! s'écrie ma sœur, ils empoisonnent les fontaines, ils brûlent les villages, ils envoient des espions partout et il paraît même que vingt navires formidablement armés **viennent de partir d'Amérique, emportant une quantité considérable de flibustiers, tous allemands ; ces pirates se proposent de débarquer dans les ports ouverts de France, et de les mettre au pillage !**

— Oui ! mais à bon chat, bon rat ! ricane M. Pion qui vient d'entrer, un journal à la main. Son excellence le comte de Palikao a lu aujourd'hui à la Chambre une dépêche ainsi conçue :

« Corps franc composé de quelques Français a pénétré sur territoire badois ; trains badois manquent aujourd'hui. »

Il y a un instant de stupéfaction. Ma sœur revient la première à elle.

— Ah !... trains badois manquent aujourd'hui !... Ah ! quel bonheur !

Et, tous ensemble, de toute la force de nos
poumons, nous crions :

— Vive la France ! Vive l'Empereur !

— A vrai dire, reprend M. Pion, j'avais
eu déjà cette idée-là ; mais je n'avais osé en
faire part à personne. Les gens sont si drôles !
Ah ! ç'aurait été un coup à tenter, pourtant :
pendant que les Prussiens sont occupés en
France, jeter cent mille hommes sur leur territoire !

— Oh ! oui, fait ma sœur, émerveillée.

— Ah ! j'ai eu bien d'autres idées, continue
M. Pion en s'asseyant, pendant que nous l'écoutons de toutes nos oreilles. Ainsi, vous savez
que, depuis le commencement de la guerre,
beaucoup de soldats sont morts de fatigue :
les chaussures mal faites, trop grandes, trop
petites... Eh bien ! j'avais pensé à une chose...

— Faire vérifier les chaussures avant leur
entrée en magasin ? insinue mon père.

— Non pas, non pas : elles n'en vaudraient
pas mieux. J'avais pensé tout simplement à
habituer le soldat à marcher pieds nus. Oh !
pas une longue trotte, bien entendu ; une
petite promenade : deux ou trois kilomètres.
D'abord sans sac, ensuite avec sac. Les trou-

piers s'y habitueraient facilement, voyez-vous ;
ça leur serait très utile. En cas de besoin, ils
pourraient se déchausser et continuer l'étape
pieds nus. Ce n'est qu'une habitude à prendre :
voyez les Arabes, les sauvages...

— Evidemment, évidemment, fait ma sœur.
Mais je pense encore à votre première idée.
Il serait peut-être encore temps de la mettre
à exécution.

— Peut-être bien, répond M. Pion en tirant
sa moustache.

Moi, je ne crois pas. La guerre bat son
plein. C'est, depuis quelques jours, une véri-
table avalanche de nouvelles : des bonnes
nouvelles, pour la plupart. Le roi Guillaume
est devenu subitement fou. Il vient d'être
reconduit à Berlin par deux officiers généraux.
Sa folie a un caractère furieux : c'est le désastre de Jaumont qui en a provoqué la manifestation. Et puis, nous avons encore vaincu
les Prussiens en différentes rencontres. Le
Figaro annonce que nous avons remporté une
grande victoire — chèrement achetée, il est
vrai — à Grandpré.

Mais, justement, des personnes qui ont des

parents à l'armée viennent de recevoir des
lettres — qui sont arrivées en bloc.

Elles ne chantent pas victoire, ces lettres.
Oh ! non. Elles parlent de l'indiscipline géné-
rale de l'armée française et de l'organisation
pitoyable de l'intendance militaire. Les régiments sont disloqués, bivouaquent au hasard,
marchent sans ordre. Le nombreux personnel
et les bagages de l'Empereur obstruent les
routes et retardent de vingt-quatre heures,
quelquefois de quarante-huit, la marche de
l'armée.

On se les passe de main en main, ces
lettres. J'en ai lu une dizaine, pour ma part ;
et j'ai lu huit fois, au moins, la même
phrase : « Nous avons bien des tentes, mais
nous n'avons pas l'oncle. » Est-ce qu'ils se
seraient donné le mot?

Pour le calembour peut-être, mais pour le
reste ?

Un journal, ce matin, publie une navrante
histoire : « Hier soir, de six heures et quart
à neuf heures et demie, la gare des marchandises de Reims a été mise au pillage par trois
ou quatre cents traînards du corps de Failly.
Ces soldats, appartenant à différentes armes,

s'étaient entendus à l'avance avec une cinquantaine de revendeurs. Ils ont brisé ou ouvert près de cent cinquante wagons, ont jeté
sur les voies, au risque d'amener d'horribles
accidents, les tonneaux de vin et de poudre,
les caisses de biscuits et de.cartouches, les
boulets, les obus, les barils de salaisons, les
effets d'habillement et d'équipement, et aussi
une grande partie des bagages de l'Empereur.

« Les revendeurs attendaient de l'autre côté
de la clôture brisée. Ils payaient 20 centimes
pièce les draps de l'Empereur, 50 centimes
les pains de sucre. Les bagages des officiers
d'un régiment d'infanterie de marine ont été
pris dans la bagarre... »

Que croire ?

VIII

Mon grand-père maternel, le père Toussaint, croit que ça finira mal.

Il est venu nous voir dimanche — en passant, parce qu'il se trouvait dans le quartier, parce qu'il avait des nouvelles de la tante Moreau à nous donner. — Il a exposé des tas de raisons.

Il avait l'air de chercher à faire excuser sa visite : il est très mal avec mon père. Il a parlé du temps, qui est très beau, des récoltes qui ne seront pas mauvaises, de sa santé à lui, qui va cahin-caha, de la santé de la tante Moreau, qui ne va pas bien du tout.

— Ah! pour ça, non ; pas bien du tout.

Et, comme mon père lui demandait quand il l'avait vue pour la dernière fois, le vieux a fait une réponse vague. Puis, il a parlé d'une maladie terrible qui frappait les dindons : il en avait déjà perdu une bonne douzaine. Heu-

reusement, on venait de lui indiquer un bon
remède : le marc de café. Ah! s'il avait su ça
huit jours plus tôt...

— C'est au moins votre voisin, M. Dubois,
qui vous a donné ce remède-là? a demandé
mon père en souriant malignement.

— Dubois? Cette canaille? Ah! bien oui!
Il aurait bien mieux aimé les voir crever tous
les uns après les autres, mes dindons!... Ah!
le brigand! Et dire qu'on l'a nommé maire de
la commune! C'est la ruine du pays! La
ruine!... Depuis qu'il est maire, les vagabonds
vont se baigner tout nus dans la mare et l'on
ne rencontre que des chiens enragés dans les
rues... C'est une calamité!

Mon père a laissé le vieux déblatérer à son
aise contre Dubois — sa bête noire — puis
se doutant bien qu'il y avait anguille sous
roche, il a cherché à savoir ce qui avait pu le
pousser à nous faire une visite. Le père Toussaint, contre son habitude, a été très franc.
Il était venu nous proposer un traité d'alliance,
tout simplement. Convaincu que la guerre tournait mal et que les Prussiens ne mettraient
pas six mois pour arriver à Paris, il était d'a-
vis qu'on pouvait avoir besoin les uns des

autres avant peu et qu'il valait mieux, par
conséquent, oublier les discussions passées
que de continuer à vivre comme chiens et chats.

— Voilà mon avis, a-t-il dit en terminant,
d'une voix larmoyante. C'est l'avis d'un pauvre
vieux bonhomme qui voit les choses de loin..,
et qui ne voudrait pas mourir — car qui sait
ce que l'avenir nous réserve — sans embrasser ses petits-enfants.

Ma sœur, les larmes aux yeux, a mis la
main de mon père dans celle de mon grand-
père et j'ai été embrasser le bonhomme sur
la joue. Je me suis piqué les lèvres, car il n'a-
vait pas fait sa barbe.

— Ainsi, c'est entendu? a demandé le vieux
en partant. Comme c'est le 3 septembre la
fête à Moussy, vous viendrez le matin? Vous
repartirez le lendemain soir ou le surlende-
main, comme vous voudrez.

— C'est entendu, a dit mon père qui a re-
fermé la porte en murmurant :

— Quelle comédie! Il a tout simplement
peur de rester tout seul à Moussy, si les Prussiens viennent dans le département, et il veut
s'assurer un logement chez nous, pour faire
des économies...

Malgré tout, mon père a tenu parole. Et
aujourd'hui, 3 septembre, après avoir traversé
les bois qui relient Versailles à Moussy-en-
Josas, nous arrivons chez mon grand-père. Il
nous guette, depuis quelque temps déjà, as-
sure-t-il, de la porte du jardinet qui précède
la maison, et il nous fait entrer dans la salle à
manger où Germaine, sa bonne, vient de servir le déjeuner.

C'est une créature bien curieuse, cette Germaine : une petite femme, toute petite — six
pouces de jambes et le derrière tout de suite,
— sèche comme les sept vaches maigres et
noire comme un corbeau. Noire de peau,
noire de prunelles, noire de cheveux — des
cheveux qu'on trouve souvent dans le potage,
car elle est toujours décoiffée. — Avec ça, pas
vilaine du tout. Ma sœur dit quelquefois
qu'elle voudrait bien avoir ses yeux et Mme Arnal, qui l'a vue deux ou trois fois, prétend
qu'elle aurait fait un beau petit garçon.

Mon grand-père n'a qu'une opinion sur
elle :

— Elle vaut son pesant d'or.

Germaine, au contraire, a deux opinions
sur son maître. Tantôt, c'est « la crème des

hommes » et tantôt, c'est « un vieux grigou ». Expliquez-moi ça.

— Je vous l'expliquerai quand vous serez plus grand, m'a-t-elle répondu un jour que je lui demandais la raison de ces appréciations complètement opposées. Et d'abord, si votre grand-père avait le sens commun, il ne mettrait jamais les pieds à Paris, vous m'entendez? Et vous pouvez dire ça à votre papa de ma part.

Elle le lui a dit elle-même à plusieurs reprises; elle venait à Versailles exprès pour se plaindre de la conduite du père Toussaint qui passait des trois et quatre jours à Paris.

— Des trois et quatre jours, monsieur, et il était parti pour une après-midi! Ah! il me revient chaque fois dans un bel état, je vous en réponds!

— Que voulez-vous que j'y fasse? demandait mon père, visiblement ennuyé. Ça ne me regarde pas.

— Ça ne vous fait guère honneur, en tout cas, disait Germaine en s'en allant.

Ce qui nous fait honneur, c'est la façon dont nous accueillons les différents plats qu'elle a préparés. Germaine est un vrai cordon-bleu et mon père lui fait des éloges.

— Ah! monsieur, ne me faites pas de compliments... les compliments, voyez-vous, ça me fait tourner la tête, et je serais capable de manquer mes pets-de-nonne.

— C'est vrai, ça! s'écrie mon grand-père, elle n'aime pas les compliments... Je ne lui en fais jamais et pourtant, bien souvent, elle ne les aurait pas volés.

Ma sœur, qui doit être au courant de bien des choses, rougit jusqu'aux oreilles. Le bonhomme s'en aperçoit; immédiatement, il change de sujet de conversation :

— Figurez-vous, Barbier, que ce scélérat de Dubois...

Le voilà parti, et pour de bon. Il enfourche son dada et ne le lâche pas. Dubois, par-ci, Dubois, par-là; Dubois est un misérable; Dubois ne vaut pas la corde pour le pendre...

Dubois est le maire de Moussy-en-Josas. Il a été nommé il y a six mois environ, au désespoir de mon grand-père qui avait fait des pieds et des mains pour arriver à décrocher l'écharpe tricolore. Dubois possède la plus belle ferme du pays; c'est un gros garçon

réjoui, pas trop bête, assez honnête homme.
Comme il aime à rire, il a blagué le père
Toussaint à propos d'une foule de choses — je
ne sais pas au juste à propos de quoi. — Il
s'est moqué de Germaine aussi — c'est elle-
même qui me l'a dit. — Il prétend qu'elle
ressemble à un hérisson. De plus, Dubois
passe pour être *libéral* et mon grand-père prétend que « c'est un rouge ».

— Oui, un rouge! Il ne va jamais à la
messe, d'abord.

Mon grand-père non plus; mais il envoie, tous
les dimanches, Germaine à la messe et aux
vêpres. Elle va à la messe pour son propre
compte et aux vêpres pour celui de son maître.

— Je vous dis que c'est un partageux! Est-
ce que, sans ça, il laisserait les va-nu-pieds
envahir la commune? On ne peut pas mettre
le pied dehors, le soir, sans marcher sur un
vagabond. Il y en a tout un chapelet, le long
du chemin. Et puis, il a voté : *Non*, au plé-
biscite. J'en suis sûr! Ah! si j'avais voulu dire
ce que je sais, il ne serait peut-être pas maire,
à cette heure! Il a eu de la chance d'avoir
affaire à des gens discrets... Moi, voyez-vous,
j'aimerais mieux me faire couper en petits

morceaux que de faire du tort à mon prochain... N'empêche que la commune n'est
guère en sûreté entre les mains d'un gueux
pareil.

Dubois est un gueux, évidemment. Et la
preuve, c'est qu'il a réussi à empêcher mon
grand-père de s'adjuger un grand morceau de
pré qui fait suite à son verger et que le bonhomme convoite depuis longtemps. Il prétend
audacieusement que ce pré fait partie de sa
propriété et il a essayé plus de dix fois de
mettre la main dessus ; il était même arrivé.
du temps de l'ancien maire, à en faire couper
le foin régulièrement et à le serrer dans son
grenier. Mais, depuis que Dubois est au pouvoir, il lui est formellement interdit d'y fau-
cher le moindre brin d'herbe ; Dubois vient
même de prouver, dernièrement, que le pré
appartient bel et bien à la commune, et il a
fourni des pièces qui établissent le fait.

— Ce sont des faux ! hurle mon grand-
père ; des faux abominables !

Et, comme nous passons, après déjeuner,
pour nous rendre chez la tante Moreau, devant
la ferme de son ennemi, il ne peut s'empêcher de crier :

6

— S'il y avait une justice, il y aurait longtemps que ce gredin-là traînerait le boulet!

La tante Moreau que nous allons voir, est
ma grand'tante. C'est la sœur du père Toussaint, la tante de ma mère. Elle a aujourd'hui
soixante-huit ans. Elle est veuve de M. Moreau, marchand de vins en gros, à Bercy! A
la mort de son mari, — il y a dix ans au
moins — comme elle n'avait pas d'enfant, elle
avait résolu de venir se fixer à Versailles, à
côté de nous. Mais le grand-père Toussaint est
intervenu. Il a déclaré que sa sœur avait
grand tort de vouloir habiter Versailles, qu'une
ville, c'était toujours très bruyant, plus ou
moins malsain; que l'air de la campagne était
bien préférable, surtout pour une personne
qui avait longtemps habité Paris. Là, depuis,
il s'est mis à vanter les charmes de la vie
champêtre, a assuré qu'il vivait au milieu des
champs comme un coq en pâte et qu'il engrais-
sait de dix livres par an, ni plus, ni moins.
Et, lorsqu'il a eu à moitié convaincu sa sœur,
il a annoncé qu'il y avait justement, à Moussy-
en-Josas, à côté de chez lui, une belle propriété à vendre, le Pavillon : un ancien rendez-

vous de chasse de Louis XIII, *arrangé à la
moderne*.

Mme Moreau a acheté la propriété, séduite
par l'espoir de se voir châtelaine. Le fait est
que le Pavillon est presque un château ; il a
grand air, avec son corps de logis principal,
en pierres blanches et briques rouges, précédé
d'une vaste cour d'honneur que bordent de
vieux tilleuls. Par derrière, il y a un grand
jardin, une sorte de parc, avec vases, balus-
trade en pierre et pièce d'eau.

Mon grand-père avait son plan, lorsqu'il
engageait sa sœur à venir habiter Moussy. Il
voulait se trouver constamment chez elle, arriver à se rendre indispensable et mettre tout
doucement la main sur sa succession, qu'il
savait considérable. D'abord, sa tactique lui
réussit bien ; mais, tout d'un coup, Mme Moreau
tomba malade, fut frappée de paralysie ; la
maladie la rendit défiante et, à la suite de
quelques tentatives peu délicates, elle rom-
pit presque complètement avec mon grand-
père.

J'ai appris tout cela peu à peu, à la maison,
par des indiscrétions de Catherine ou par des
conversations entre mon père et ma sœur. J'ai

appris aussi que, par testament déposé chez
un notaire, ma tante Moreau a divisé ce qu'elle
possède en trois parts : la première doit revenir à Louise, la seconde à moi et la troisième
est réservée aux hôpitaux.

Je ne sais pas pourquoi, mais j'y pense, à
ce testament, en entrant dans la grande pièce
où la vieille tante est assise dans le fauteuil
qu'elle ne quitte pas depuis longtemps. Elle
a l'air si décrépite, si usée, la pauvre femme !
A notre entrée, pourtant, un éclair de joie a
illuminé sa physionomie surannée, mais maintenant elle a repris son aspect morne ; ses
mains se sont aplaties davantage encore ; ses
tempes saillantes, ses joues creuses, sa mâchoire étroite et proéminente, ses yeux qui
ont l'air de trous, tout dans son visage évoque
l'idée d'un crâne sur lequel on aurait collé de
la peau tannée et jaunie comme celle d'un
tambour de basque.

Ça sent la mort autour d'elle. Et pourtant
elle est si douce, si bonne que, peu à peu,
l'impression de frayeur glacée, qui m'avait
saisi en entrant, s'efface. Elle demande des
nouvelles de notre santé, elle s'informe de nos
études.

— Et vous êtes-vous bien amusés, ce matin, chez votre grand-père?

— Mais, nous sommes arrivés pour déjeuner, ma tante.

— Vous a-t-il menés à la fête, au moins?
Car c'est la fête du pays, aujourd'hui et demain.   .

— Pas encore, ma tante ; mais il va nous
y mener tout à l'heure.

**— Alors, il est venu avec vous? Pourquoi
n'est-il pas entré? Justine, allez donc demander
à monsieur Toussaint pourquoi il ne vient pas
me voir.**

La femme de chambre, une grande fille assez
jolie, vêtue de noir, un bonnet blanc sur ses
cheveux blonds, sort pour appeler le grand-
père qui se promène dans le jardin. Il n'a pas
voulu entrer ; il dit que la vue des malades
l'impressionne trop ; il est tellement sensible!...

Mais le voilà qui paraît. Il s'avance, courbé,
son chapeau appuyé sur le ventre, tout souriant.

— Hé! ma chère Clotilde, comme vous
paraissez bien portante, aujourd'hui ! Vous
avez une mine... resplendissante, ma foi !...
Et je crois, le diable m'emporte, que vous avez
des couleurs?... Mais oui, mais oui ! des cou-

6.

leurs !... Allons, allons, vous allez vous trouver
sur pied tout d'un coup, un de ces jours...

— Vous voyez les choses un peu en rose,
Pierre, répond ma tante en tendant la main à
son frère ; mais il me semble, depuis que ces
enfants sont entrés, que je vais un peu mieux.

Elle nous invite à dîner. Mon grand-père,
pendant le repas, trouve moyen de faire preuve
d'un amabilité surprenante. Sa figure de vieux
renard s'adoucit prodigieusement, ses lèvres
pincées s'épaississent, l'éclat cruel de ses yeux
se voile de bonté. On lui donnerait le bon Dieu
sans confession. Il m'étonne beaucoup.

La vieille tante, avant de nous laisser partir,
fait cadeau à Louise d'une belle paire de bou-
cles d'oreilles enfermée dans un écrin bleu.
A moi, elle donne deux louis, deux beaux
louis d'or.

— Si j'avais des livres, mon cher enfant, je
t'en aurais donné, mais je n'en ai pas : je
m'attendais si peu à votre visite. Tu t'en achè-
teras avec.

Oui. Mais, en attendant, je vais faire un
tour sur les chevaux de bois qui tournent, sur
la place du village, au son d'un orgue de Bar-
barie qui joue le *Chant du Départ.* Ils vont

très bien, ces chevaux de bois et, avec la ba-
guette en fer, j'enlève au moins une douzaine
d'anneaux. Louise n'en a attrapé que deux.
C'est si maladroit, les femmes !

Je reviendrai à la fête. J'y reviendrai demain
matin — car nous passons la nuit chez le
grand-père et nous ne retournons à Versailles
que demain soir.

J'y reviens. J'y passe la journée. Elle n'est
pas mal du tout, cette fête, pour une fête de
village. Il y a au moins une cinquantaine de
baraques, des tourniquets où l'on gagne des
Guillaume et des Bismarck en pain d'épice ;
des massacres où l'on abat des Prussiens à
tour de bras. On peut s'en payer : deux balles
pour un sou.

Du reste, tout est à la prussienne, cette
année, tout, jusqu'aux tirs enfantins, à l'arba-
lète. On a remplacé les animaux par des Allemands — le marchand dit que c'est la même
chose — et, lorsqu'on plante la flèche au
milieu du noir, une porte s'ouvre et l'on voit
le roi de Prusse sur son trône — celui où il
va à pied, bien entendu.

En rentrant chez mon grand-père, je le

trouve, dans le verger, causant avec mon père
sous un pommier. Une discussion d'intérêt,
sans doute. J'écoute sans en avoir l'air ; mais
leur conversation touche à sa fin ; je ne puis
arriver à savoir de quoi il est question.

J'examine la physionomie du bonhomme.
Quelle drôle de tête Oh! il n'est pas franc
du collier, pour sûr. Deux petits yeux de
cochon, en vrille, pétillant sous des sourcils
en forme d'accent circonflexe ; une bouche
toute petite, rentrés aux coins, sans lèvres :
une fente à peine perceptible dans la face
glabre, couleur de brique ; une mâchoire forte,
carrée, qui avance et qui a l'air de vouloir se
démantibuler quand il mange ; un nez pointu,
fouineur, aux ailes mobiles, qui fait presque
carnaval avec le menton ; une ride toute droite,
couleur de sang, en travers du front, et, au
cou, deux gros plis, pareils à des plis de souf-
flet de forge.

Il a le ton aigre, dur, cassant, en parlant à
mon père qu'il ne désire pas froisser cependant, car en même temps il a des gestes qui
veulent être bienveillants. Et, entre deux
phrases cruelles que j'entends au passage :
« Les affaires sont les affaires ; je ne me mets

jamais à la place des autres. — Dame, la sen-
sibilité, c'est beau, mais ça mène loin; » — le
vieux adoucit sa voix pour appeler son chien :

— Toutou, tou, tou...

Ça fait un drôle d'effet. On pense à du miel
dans du vinaigre...

Germaine apporte un journal.

— Monsieur, le journal vient d'arriver. On
dit qu'il y a des nouvelles.

Ma sœur s'empare de la feuille de papier.

— Lis à haute voix, dit mon père.

— « D'après les renseignements qui nous
sont parvenus d'une source particulière, mais
en laquelle nous avons une entière confiance,
de graves événements se seraient accomplis,
le 1er septembre, que notre correspondant
désigne comme le troisième jour de combat.

« Le maréchal Mac-Mahon, après avoir été
renforcé par le corps du général Vinoy, a livré
un combat dans lequel nos armes auraient
remporté un éclatant succès. Les Prussiens
seraient vaincus, culbutés, et trente canons
leur auraient été enlevés.

« Enfin, si le document que nous recevons
est exact, le mot « massacre » appliqué à l'ar-

mée allemande ne serait pas une expression
exagérée. »

———————

« Une autre communication, de source offi-
cieuse, mais digne du plus grand crédit, surgit
à l'instant même. Ce matin, à dix heures, un
ami de la famille d'Orléans, à Paris, a reçu
une lettre du prince de Joinville, datée de
Bruxelles, le 1er septembre, cinq heures du
soir. Cette lettre a quatre pages, qui contien-
nent de nombreux détails sur les journées des
30 et 31, le refoulement de Mac-Mahon sur
la Meuse et les pertes de notre armée.

« Mais elle se complète par un *post-scriptum*
qui est un bulletin de triomphe et un véri-
table cri de joie. Nous tenons le texte de ce *post-
scriptum* de la bouche même de la personne
qui l'a lu dans la lettre originale elle-même.

Le voici intégralement :

« La bataille continue en ce moment. Nous
aurions pris trente canons. Bazaine marche-
rait vers Mac. Vive la France ! »

— Tout ça, fait mon grand-père quand ma

sœur a fini sa lecture, tout ça, ça ne me dit
rien de bon. Ça sent le roussi, mes amis, ça
sent le roussi.

— Qu'est-ce que tu penses de ces nouvelles,
papa ? demande ma sœur à mon père lorsque
le grand-père nous a quittés, le soir, à la dernière maison du village.

— Ma foi, mon enfant, je n'en sais rien ;
mais je serais tenté de croire, moi aussi, que
ça ne va pas bien.

Nous revenons à pied à Versailles. La nuit
tombe comme nous entrons dans le bois et ce
soir, je ne sais pourquoi, j'ai peur. Les feuilles
mortes que le vent agite ont des frissons sin-
guliers ; il me semble voir remuer des choses
dans les taillis ; tout à l'heure, dans un sentier
que nous traversions, une branche m'a cinglé
le visage et j'ai sauté en arrière en poussant
un cri. Et, maintenant, dans la grande allée
qui. mène à la route, ma frayeur s'accroît
devant les formes imprévues des branches
noires que fait siffler le vent, devant l'aspect
insolite des gros troncs qui ressemblent à
des hommes, devant le fouillis mystérieux des
buissons où je crois percevoir des bruits de

voix, où je découvre avec terreur les canons
de fusil d'une embuscade.

Enfin, au détour du chemin, le rideau
sombre de la forêt se déchire. Encore quelques
pas, et nous serons sur la grand'route.

Nous y sommes. Il me semble qu'on me
décharge les épaules d'un poids énorme, mais
je ne respire librement que lorsque nous atteignons les maisons qui précèdent la ville...

A la porte de la rue des Chantiers, il y a un
remue-ménage impossible. Les gardes nationaux d'un poste qu'on a dû installer dans la
journée, discutent à grands cris avec une
douzaine de voituriers dont les charrettes
restent en panne, le long du trottoir.

— Alors, il n'y a plus moyen de passer?

— Vous passerez quand le chef de poste
aura examiné vos papiers.

Un charretier s'esclaffe.

— Le chef de poste! Je l'ai au cul, le chef
de poste! Attendez un peu, pour voir, que les
Prussiens arrivent. Ils vous en donneront du
papier pour vous torcher les fesses, eh! soldats
du pape.

Là-dessus, c'est un tolle général. Le fac-

tionnaire lui-même pose son fusil contre la
grille et se mêle à la discussion.

Nous sommes déjà loin que nous entendons
encore les cris :

— On devrait vous fusiller, espèce de Prussien !

— Prussien vous-même !

— Vous allez voir ça quand nous aurons la
République !

— Qu'est-ce qu'il y a donc? demande mon
père à chaque pas ; mais qu'est-ce qu'il y a donc?

Il y a quelque chose, en effet. Plus nous
avançons, plus la rue est encombrée. Au coin
de l'avenue de Paris, devant la mairie, il y a
un rassemblement considérable. Des hommes,
à la lueur des becs de gaz, lisent tout haut des
journaux qui viennent d'arriver de Paris.
D'autres pérorent bruyamment, gesticulent
comme des pantins, et leurs ombres qui
s'allongent sur la chaussée jaunie par l'éclai-
rage de la préfecture, en face, prennent des
formes inattendues et grotesques. Dans le
tohu-bohu, on ne comprend pas très bien ; ce
sont les mêmes mots, pourtant, qui reviennent
le plus souvent : patriotisme, République,
défense nationale...

7

— Mon père attrape par le bras un de ces orateurs improvisés : c'est M. Legros, notre voisin. Je n'en reviens pas. Comment se trouve-t-il là, cet homme placide ? Mon père l'interroge :

— Eh bien ! ça va donc mal !

— Comment ! Vous ne savez pas ! Sedan ?...

— Oui, Sedan. Et puis !... Avons-nous été battus, oui ou non ?

M. Legros croise les bras, et regardant mon père bien en face :

— La France vient d'essuyer une horrible défaite. L'Empereur a été fait prisonnier avec 80,000 hommes.

Ma sœur pousse un cri, pendant que mon père reste bouche bée. Des gens nous entourent qui ont l'air de se demander comment nous pouvons être assez bêtes pour ignorer des choses pareilles. Mon père sent qu'il est nécessaire de donner une explication.

— Nous arrivons de la campagne, vous comprenez...

On dirait qu'il avoue qu'il revient de Pontoise.

— Oui, vous n'êtes pas au courant ; ça se voit, fait M. Legros avec compassion. Eh bien !

je ne vous ai pas tout dit : l'Empire est fini ;
on a décrété sa déchéance et la République
vient d'être proclamée à Paris.

— Ah ! bah ! Quand ça ?

— Aujourd'hui. Aussitôt la dépêche officielle
arrivée, on va la proclamer ici. Restez donc ;
vous allez voir ça. Tenez ! vous apercevez bien
Vilain qui se promène dans la cour de la mairie, les mains derrière le dos. Eh bien ! il
attend la dépêche pour grimper sur une chaise
et proclamer la République. Vilain, vous connaissez bien ? Vilain l'adjoint, Vilain l'avocat
qui a plaidé contre le séminaire et qui a flanqué
une volée à sa femme pour l'empêcher d'aller
à la messe. C'est un pur, celui-là ! Un vrai !
C'est l'homme des principes ! L'oubli des principes ! L'oubli des principes, mon cher ami,
voilà ce qui nous a perdus ; on le disait tout à
l'heure à côté de moi, et c'est bien vrai... Les
principes ! Les principes d'abord !...

Moi, j'ai peur, je ne le cache pas, j'ai peur.

J'ai vu justement ce matin, chez mon grand-
père, une vieille gravure qui représente Charlotte Corday conduite à l'échafaud par une
bande de sans-culottes.

Je me tourne vers ma sœur.

— Dis donc, Louise, ce sont bien des républicains, ceux qui escortent la charrette de
Charlotte Corday?

— Oui. Des républicains rouges.

Ah! très bien. Il y a peut-être des républicains qui ne sont pas des républicains
rouges.

Un gendarme sort de la préfecture, arrive
au grand trot. Il tient un papier à la main.
Tout le monde se précipite en hurlant.

On ouvre la grille de la mairie et on apporte
une table en bois blanc. Vilain monte dessus.
Deux citoyens lui tiennent chacun une chan-
delle à hauteur du visage.

Il lit la proclamation : on ne l'entend pas au
milieu du bruit. Il s'arrête : des applaudisse-
ments éclatent.

Il fouille dans la poche de sa redingote.

Je me cache entre les jambes de mon père.
Ce qu'il cherche, ce doit être le couteau de la
guillotine...

Pas du tout. C'est un rouleau de papier qu'il
se met à lire.

Ce ne doit pas être un républicain rouge.
Allons! tant mieux.

Il arrive à la péroraison. Un grand geste à

la Mirabeau. Il flanque les deux chandelles par terre.

— Vive Vilain !!!

— Vive la République !

— C'est ça, ronchonne le père Merlin qui se trouve à côté de nous et que je n'ai pas vu tout d'abord ; c'est bien ça : les principes d'abord — mais les hommes avant.

IX

Nous sommes en république, et ça se voit : on a enlevé l'aigle du drapeau de la mairie et on l'a remplacé par un fer de lance ; on a effacé le mot *Impérial* du fronton des édifices et on appelle l'Empereur « Badinguet ».

— C'est un beau spectacle, répète mon père dix fois par jour, que celui de cette révolution pacifique.

— En effet, approuve M. Beaudrain ; on pouvait redouter tant de violences, de désordres...

— Et contre qui, diable, aurait-on pu exercer des violences ? demande en riant le père Merlin qui est venu nous voir, en passant. Pas contre la basse-cour impériale, je crois. Elle a pris sa volée assez vite pour mettre ses plumes à l'abri. Et, quant à la simple canaille bonapartiste, à moins d'aller la canarder par les soupiraux des caves où elle s'est cachée...

— Le fait est, dit généreusement M. Beaudrain, qu'on ne voit plus monsieur Pion, depuis
quelques jours.

Le père Merlin sourit.

— Il aura trouvé, dit mon père, que l'écho
manque ici lorsqu'il pousse ses cris de : « Vive
l'Empereur ! »

— Ah ! bah ! fait le père Merlin, très étonné.
Il me semble pourtant que vous ne vous enten-
diez pas mal, ces jours derniers. Je traversais
la rue, l'autre jour, juste comme vous poussiez
en chœur un hurrah en l'honneur de son ex-
majesté ; je crois même avoir reconnu la jolie
voix de mademoiselle — ainsi, d'ailleurs, que
celle de messire Jean.

Je baisse la tête, tout confus ; c'est vrai, j'ai
crié : « Vive l'Empereur » ! C'est honteux.
Louise, par bonheur, trouve une excuse.

— Nous avons eu confiance en lui jusqu'à
Sedan.

— Oui, jusqu'à Sedan, appuie mon père.
Sedan nous a ouvert les yeux. Mais vous savez
bien, monsieur Merlin, que je n'ai jamais été
ce qu'on appelle un césarien.

— Moi non plus, affirme M. Beaudrain.

— L'Empire étant établi, j'ai bien été forcé
de l'accepter.

— De le tolérer. Le mot est plus juste.

— Le commerce a ses exigences.

— Le professorat aussi.

— Au fond je n'ai jamais été partisan de la
tyrannie napoléonienne.

— Moi non plus.

— Je suis, croyez-le bien, un démocrate convaincu.

— Moi aussi.

— Enfin, déclare mon père qu'embarrasse le
regard narquois de son interlocuteur, enfin, nous
avons la République. C'est déjà une grande chose.

— C'est une enseigne neuve sur une vieille
boutique, dit le père Merlin en se levant pour
se retirer.

— Ce monsieur Merland est étonnant, fait
M. Beaudrain quand le vieux a disparu. Il n'est
jamais content.

Quelqu'un qui n'est pas content, non plus,
c'est Jules. Moi, à sa place, je serais enchanté.
Son mariage avec ma sœur, qui devait être
célébré à la fin de septembre, n'aura pas lieu
avant l'achèvement de la guerre. Voilà-t-il pas

un grand malheur ! Et comme je souhaiterais,
à sa place, que la guerre ne se terminât jamais.
J'aime beaucoup Jules et, si j'osais, je lui
découvrirais le fond de ma pensée. J'ai guetté
l'occasion, depuis plusieurs jours, de le mettre
au courant des nombreux défauts que j'ai dé-
couverts chez Louise, et l'occasion s'est offerte.
Je l'ai manquée. Décidément, je n'ose pas. Il
a l'air si triste, ce pauvre Jules, si triste, qu'il
me fait pitié. Je n'aurais jamais l'audace d'aug-
menter son chagrin par des révélations utiles
sans doute, mais affligeantes.

— D'ailleurs, m'a dit Léon, tu perdrais ton
temps. Il en est toqué, de ta sœur. Est-ce que
tu crois qu'elle l'aime, toi ?

Oh ! non, je ne le crois pas. Je suis même
certain qu'elle ne l'aime pas. Elle n'aime
qu'elle, d'abord. Chaque fois qu'on prononce
le nom de Jules, à la maison, on le fait suivre
immédiatement de l'énoncé de ses capacités,
du chiffre de sa fortune et du montant des
appointements que lui alloue la maison de
banque Cahier et Cie, de Paris, dont il est un
des principaux employés. C'est tout. Une seule
fois, un jour que Mme Arnal questionnait sour-
noisement Louise sur le degré d'affection

7.

qu'elle portait à son fiancé, j'ai entendu ma
sœur répondre :

— Il aime tant sa tante et son frère. Comment voulez-vous qu'on n'éprouve pas de la
sympathie pour lui ?

Le ton était faux. Je ne m'y suis pas trompé.
Mᵐᵉ Arnal non plus, car elle a ajouté en souriant à demi :

— C'est surtout un excellent parti. Dix-huit
mille francs par an, mazette !

Ce sont ces dix-huit mille francs, surtout,
que Louise est fière d'avoir décroché avec ses
beaux yeux — qui ne sont pas si beaux que
ça, — mais elle n'aime pas Jules. Après tout,
si Jules est toqué d'elle au point de ne s'apercevoir de rien, tant pis pour lui. Je serais bien
bon de continuer à m'occuper de ces affaires-
là. Et puis, si le mariage ne se faisait pas, j'y
perdrais beaucoup : on m'a promis, pour la
cérémonie, un beau costume genre homme et
une paire de bottines vernies, pareilles à celles
qu'expose le cordonnier de la rue de la Pompe,
celui qui a pour enseigne une rose entourée de
ces mots : *A l'image des dames.*

Que Jules soit heureux ou non, je m'en
moque. Je ne veux plus m'occuper de lui : j'ai

7

bien d'autres chats à fouetter. Des événements plus sérieux réclament mon attention, comme dirait M. Beaudrain. Il paraît que les Prussiens s'avancent vers Paris à marches forcées. J'ai déjà copié un bulletin qui engage les cultivateurs du département à porter leurs récoltes à Paris.

— On ferait bien mieux de les laisser où elles sont et de les défendre, dit M. Legros, qui ne sort plus qu'en uniforme de lieutenant de la garde nationale, et le sabre au côté.

J'ai été le voir commander la manœuvre à ses hommes, dans la cour de l'usine à gaz, et je m'en suis tenu les côtes toute la journée. Je n'ai encore rien vu d'aussi ridicule.

Ça n'empêche pas le marchand de tabac de se prendre au sérieux. Il prétend qu'il faut enflammer les courages et déblatère du matin au soir contre le gouvernement qui s'obstine à ne pas envoyer d'armes.

— Il manque encore plus de trente mille fusils ! Et dire qu'on ne devrait pas livrer à l'ennemi, sans combat, un pouce de notre territoire !

— Mais songez donc, supplie M. Beaudrain, comme si M. Legros était le dieu de la Guerre

en personne, songez donc aux malheurs irré-
parables qui peuvent résulter d'une résistance
inutile.

— Je ne songe à rien, quand j'ai le sol sacré
de la patrie à défendre.

— Pensez aux ruines de toutes sortes, aux
veuves et aux orphelins...

— Je pense à la patrie !

— Mais par pitié...

— Pas de pitié...

On dirait que les autorités ont pris les avis
de M. Legros, car elles font afficher des déci-
sions impitoyables. Ordre est donné par la
préfecture de mettre le feu aux granges, de
détruire par la flamme toutes les meules du
département et d'incendier en même temps
avec du pétrole les bois qui entourent Versailles. Des francs-tireurs se répandent dans les
campagnes pour mettre ces ordres à exécution.

Il paraît que ce n'est pas la crème des honnêtes gens, ces francs-tireurs. Les paysans ne
veulent voir en eux que des maraudeurs et se
déclarent prêts à les repousser par la force.
La préfecture est obligée de rapporter ses
ordonnances et de faire afficher une procla-

mation dans laquelle les citoyens sont instam-
ment priés de « s'abstenir des actes d'hosti-
lité isolée qui n'auraient d'autre résultat
que d'attirer des représailles terribles sur des
populations sans défense ». Le document se
termine par le cri de : « Vive la patrie. »

— Des populations sans défense! s'écrie
amèrement M. Legros. Je crois bien ! On nous
enlève jusqu'à notre garde mobile!

Ils sont partis pour Paris le 12, en effet, les
moblots. Mal chaussés, vêtus pour la plupart
d'une méchante blouse de toile grise, armés
de pitoyables fusils à tabatière, ils sont partis en chantant. Ils n'ont pas dû chanter
longtemps, par exemple. Quand les têtes se
sont un peu refroidies, quand les fumées de
l'alcool et du vin se sont dissipées, ils ont pu
causer, le long de la route avec les malheureux soldats échappés de Sedan. Fantassins
aux souliers éculés, aux pieds sanglants, cavaliers harassés montés sur des fantômes de chevaux, artilleurs sans pièces et sans caissons,
ils fuient devant l'armée allemande ; et ces
longues files misérables, ces bandes lamentables, ces éclopés, ces exténués, ces décou-
ragés, ces fourbus, traversent la ville, tous

les jours, en criant à la trahison. Ils ont tous
le même éclair de haine dans les yeux, lorsqu'on leur parle de ceux qui les ont menés à la
défaite, et le même geste de menace, aussi,
à l'adresse de leur chefs qu'ils accusent, tout
haut, de les avoir vendus.

— Oui, vendus! vendus comme des cochons! s'écriait l'autre jour un petit voltigeur
qui s'était assis au bord du trottoir, en face
la gare, et qui entortillait, en pleine rue, ses
pieds saignants avec des chiffons sales. Ah! bon
Dieu! si nous avions du sang dans les veines,
nous commencerions par descendre pas mal de
Français avant de canarder les Prussiens!

Et, à ce pitoyable défilé des débris de notre
armée, s'ajoute la débâche des habitants des
campagnes. Affolés par les récits terribles col-
portés de bouche en bouche, par les détails
épouvantables donnés par les journaux, ils se
sauvent devant l'invasion. Hommes, femmes,
enfants, chassant devant eux leurs bestiaux,
poussant aux roues de leurs voitures chargées
de leurs tristes mobiliers, ils encombrent les
routes de leurs longs convois terrifiés.

Ils se hâtent, car derrière eux on ouvre des
tranchées profondes sur les chemins, on scie

au pied les grands arbres qui tombent sur
les chaussées, avec leur branches.

— Bravo! voilà ce qu'il fallait! s'écrie
M. Legros qui revient enchanté d'une visite
qu'il a été faire aux abatis, sur la route de
Velizy. Voilà ce qui s'appelle donner du fil à
retordre à messieurs les Allemands! S'ils ont
jamais envie de venir à Versailles, ils n'y entreront pas facilement.

— A moins, dit mon père, qu'ils ne fassent
ce que vous avez fait pour revenir de votre
promenade : qu'ils n'enjambent les arbres et
qu'ils ne sautent les tranchées.

— Ou à moins, plutôt, dit le père Merlin,
qu'ils ne vous prient de combler très propre-
ment vos petits fossés et qu'ils ne vous enga-
gent à ranger convenablement le long des talus,
en attendant qu'ils s'en servent pour se chauffer,
les arbres que vous avez si gentiment abattus.

— Ah! nom d'un petit bonhomme! je voudrais bien voir ça !... D'abord, vous, monsieur Merlin, vous n'êtes pas un patriote.

— Vous croyez?

— Oui.

— Et pourquoi ça?

— Parce que vous avez déclaré que le gouvernement agissait en sauvage en décrétant
la destruction par le feu des bâtiments qui
gênent la défense et des approvisionnements qui
pourraient tomber entre les mains de l'ennemi.

— J'ai dit ça, c'est vrai. Et j'ai même
ajouté que les Prussiens, qui ont leurs derrières
assurés, trouveraient où ils voudraient les ressources qui leur sont nécessaires. Ces destruc-
tions étaient donc parfaitement inutiles.

— Elles ont eu lieu, cependant, dit M. Legros
triomphant. On a tout brûlé.

— Excepté, pourtant, les réserves des fourrages de l'intendance militaire, à Rambouillet
et à Versailles.

— On les a oubliées.

— Heureusement qu'on n'a pas *oublié* de
les vendre à des particuliers qui n'ont pas
oublié, eux non plus, de les acheter à un prix
dérisoire.

Le 15, Jules, qui fait partie d'un des régiments de Paris, vient nous faire ses adieux.
Il emmène avec lui Léon et Mlle Gâteclair.
A-t-il de la chance, ce Léon! C'est moi qui
voudrais bien aller à Paris

— Tu me raconteras en revenant tout ce que tu auras vu ?

— Oui, n'aie pas peur.

— Oh! dit Jules, nous ne verrons peut-être pas grand'chose. C'est une affaire d'un mois, six semaines tout au plus. Les Prussiens ne pourront pas, naturellement, investir complète-ment la capitale et, ma foi, lorsqu'ils verront qu'ils ne peuvent prendre Paris de vive force, ils seront bien obligés de faire la paix.

— C'est mon avis, dit mon père.

— Le mien aussi, dit M. Legros. Prendre Paris! Et comment voulez-vous qu'ils fassent une brèche dans les remparts? Avez-vous remarqué l'épaisseur des remparts, monsieur Gâteclair?

— Mais oui.

— Et vous, monsieur Barbier?

— Mais oui.

— C'est formidable! Quelque chose de for-midable. Une épaisseur!... Un mur en pierres, d'abord; en moellon et pierres de taille — là. — Et, derrière, une masse énorme de terre. Supposez qu'un boulet traverse le mur en pierre : eh bien! qu'arrive-t-il? Il arrive qu'il

se perd dans la terre. Voilà... Ah! quelle épaisseur!...

Nous accompagnons Jules à la gare. Elle
est assiégée par les émigrants; les salles d'at-
tente sont remplies de bagages... Mais le train
va partir. J'embrasse Léon et Mlle Gâteclair à
laquelle Mme Arnal, qui est venue avec nous.
remet une lettre pour son mari, garde natio-
nal à Paris.

— Dites-lui bien qu'il porte toujours de la
flanelle et qu'il mette du coton dans ses oreilles,
le soir.

Je serre la main de Jules, qui serre la main
de mon père et celle de M. Legros. Il s'approche
de ma sœur.

— Allons, embrassez-vous, fait mon père.

Louise avance son front et Jules y dépose un
baiser...

La locomotive siffle et les voyageurs, après
un dernier adieu, se précipitent vers les wagons.

Nous revenons. Louise a les larmes aux
yeux — des larmes de crocodile. — Mme Arnal
lui remonte le moral.

— Il faut se faire une raison, ma chère
petite. Ainsi moi, regardez donc, j'ai mon mari

à Paris. Eh bien ! est-ce que j'en parais plus
triste ? Vous me direz qu'au fond... oui au
fond... mais...

Elle n'a pas l'air convaincue, Mme Arnal.
M. Legros, lui, y va de son voyage :

— Moi, voyez-vous, Barbier, je n'aime pas
assister aux séparations. Ça me fend le cœur.
Cette pauvre petite !

Il dit ça tout bas, la main sur la troisième
côte. Puis, tout haut :

— Allons ! encore un soldat de plus pour
la défense de la Ville-Lumière ! Nos volontaires prennent leurs fusils avec un enthousiasme !... Je suis certain, quant à moi, que
les Prussiens vont trouver leurs maîtres sous
Paris. L'armée a repris confiance en ses chefs
— ce sont les journaux qui l'assurent — : elle
est animée du patriotisme le plus pur... Tiens !
qu'est-ce que je vois là-bas ?

— Un rassemblement, je crois...

Oui, un rassemblement qui s'est formé
autour d'un turco assis sur le trottoir, le dos
appuyé à un mur. Son sac tout chargé est jeté
à côté de lui et il a envoyé, d'un coup de
pied, son fusil dans le ruisseau. Ce turco me
semble terrible avec son uniforme bleu de ciel,

son fez rouge, ses grands yeux brillant du feu de la fièvre et ses dents blanches, serrées par la souffrance et la colère, qui éclatent dans le noir du visage dont la peau est collée aux os. Il refuse de se lever, paraît-il ; il a fait comprendre qu'il meurt de faim et de fatigue, qu'il a demandé du pain et qu'on l'a maltraité. Il veut mourir là. La foule regarde.

M. Legros s'approche.

— Allons, mon ami, vous ne pouvez pas rester là. Allez à la mairie...

Le turco secoue la tête. Il ne veut pas se lever. Alors, M. Legros montre son sabre et les galons de sa manche.

— Je suis officier, vous voyez. Je vous ordonne de vous lever, de ne plus causer de scandale et d'aller à la mairie.

Le turco secoue encore la tête.

— Moi, plus connaître officiers... officiers trahi...

M. Legros n'y tient plus.

— Comment ! malheureux, vous avez l'honneur de porter l'uniforme français...

Mais il n'achève pas ; le turco se dresse à demi et s'écrie d'une voix terrible :

— Francis macach bono... moi, plus Francis !.., moi Prussien !... Oui, Prussien !..,

Et il retombe.

— Il meurt de faim, dit Mme Arnal. Je vais aller chercher quelque chose en face.

Et elle désigne un café, de l'autre côté de la rue, dont le propriétaire, en bras de chemise, regarde la scène tranquillement, du pas de sa porte.

— Jamais de la vie ! s'écrie M. Legros. Un mauvais soldat qui renie son drapeau ! Rien ! rien ! qu'il crève comme un chien !...

Il nous entraîne à sa suite...

Je n'ai pas pu dormir de la nuit. Tout le temps, j'ai pensé à ce turco — et j'ai pensé aussi au petit soldat qui m'avait donné son bidon à remplir, à la gare, le jour du départ des régiments, et qui avait l'air si triste... A-t-il été tué ?...

X

Je viens d'entendre dire, dans une papeterie où j'ai été acheter un cahier, qu'on a aperçu les Prussiens à Ablon. Je me dépêche de rentrer pour porter cette nouvelle à la maison. Ça fera plaisir à mon père ; il soutenait hier à M. Legros que les Allemands seraient à Versailles avant huit jours et M. Legros prétendait qu'ils ne mettraient probablement pas le pied dans le département. Depuis quelques jours du reste, on fait chez nous, du matin au soir, de véritables cours de stratégie. M. Beaudrain, mon père, le marchand de tabac, exposent tour à tour leurs systèmes ; les dames s'en mêlent aussi. On crie sans cesse, on s'emporte souvent, on se dispute quelquefois. Toutes les cinq minutes, mon père s'écrie, en haussant les épaules :

— Laissez-moi donc tranquille !

Et M. Beaudrain lui répond :

— Permettez ! permettez ! Que chacun s'explique librement et l'on finira par s'entendre.

Mais mon père ne veut rien permettre — ni M. Legros, ni ces dames — et l'on ne s'entend jamais.

Si, on s'entend sur un point, sur un seul. Lorsqu'il est question des revers éprouvés par nos généraux, des batailles perdues, des désastres qui se multiplient, tout le monde s'écrie à la fois :

— C'est infâme !

Et l'on convient, avec une unanimité touchante, que, si nous sommes vaincus, c'est que nous avons été trahis, vendus, livrés. Infâme Le Bœuf ! Infâme Palikao ! infâme de Failly ! infâme Frossard ! Infâme l'empereur — Badingue — Invasion III !

— C'est infâme !

Depuis une huitaine de jours, je n'ai que ce mot-là dans l'oreille.

Et je l'entends encore, le diable m'emporte, en entrant dans le salon. Il a un drôle d'aspect, le salon. Les chaises et les fauteuils occupent des places invraisemblables. Le tapis de la table est à demi arraché et traîne à terre. M. Legros a les pieds dessus et le trépigne avec fureur ; M. Beaudrain lève les bras au

plafond comme s'il cherchait la barre d'un tra-
pèze ; ma sœur, tout ébouriffée, se dissimule
derrière un fauteuil où le père Merlin, très
tranquille, est assis, les jambes croisées.

— Oui, c'est infâme ! infâme ! C'est moi qui
vous le dis !

Et mon père, dans une attitude de faiseur
de poids, les jambes écartées, le bras droit
tendu, semble menacer M. Pion, appuyé au
mur, les mains dans ses poches. C'est à
M. Pion qu'on en veut. Pourquoi ? Je ne l'ai
pas vu à la maison depuis quelque temps.
Qu'a-t-il fait ? Pourquoi est-il pâle comme ça,
si pâle qu'on dirait qu'il a la colique ? Je me
glisse derrière le canapé.

— Réellement, monsieur Pion, vous me
scandalisez ! s'écrie M. Beaudrain. Oser prétendre que Badinguet...

— Voulez-vous dire l'Empereur, nom de
nom ?... rugit M. Pion.

— Badinguet ! Badinguet ! hurle le marchand
de tabac.

— ... oser prétendre que l'ex-Empereur, continue le professeur en hochant la tête, ne s'est
rendu à Sedan que pour sauver son armée !

— Oui, oui ! je le soutiens ; et il a bien fait. Vous entendez ? il a bien fait !

— C'est infâme ! crie mon père.

— C'est votre sale République qui est infâme ! Rien n'était perdu si le gouvernement impérial était resté debout. Avec votre République, vous allez voir... Quelque chose de propre, votre Marianne !

— Espèce de Prussien !

— Badingueusard !

— Mauvais patriote !

— Aussi bon que vous, nom d'un chien !... Et puis, d'abord, je m'en fiche, moi !... Plus d'Empereur, je ne donne pas quatre sous de la France !... Je m'en fiche !... Vive l'Empereur !

— A bas Badinguet ! hurle M. Legros.

— Criez donc : Vive l'Empereur ! comme le mois dernier. Ça vous va mieux, sans-culotte manqué !

Des huées couvrent la voix de M. Pion.

— C'est scandaleux !... C'est infâme !... A bas Badinguet !... A bas la Marianne !...

On devrait vous fusiller !...

M. Pion s'élance vers M. Legros qui a prononcé la dernière phrase.

— Vos osez dire... me menacer... vous !

8

vous ! Parce que vous avez tourné casaque...

M. Beaudrain cherche à s'interposer.

— Permettez ! Messieurs, permettez !...

Mais mon père met la main sur l'épaule de M. Pion.

— Monsieur... nous sommes ici des patriotes... monsieur... vous devez comprendre que votre présence... désormais...

M. Pion se retourne, tout d'une pièce.

— Oui, je m'en vais. C'est ce que vous voulez, hein ?... Et je ne suis pas près de remettre les pieds chez vous... C'est égal, Barbier, vous n'avez pas été long à changer votre fusil d'épaule... Moi, je joue franc jeu. Vous entendez? Je ne tourne pas casaque, moi !

Et il sort, en faisant claquer la porte.

— Il n'y avait qu'à l'expédier, dit mon père en se frottant les mains. Avez-vous jamais vu un animal pareil! Et il croyait nous faire peur... Il n'a jamais coupé cinq bras à deux Suisses, peut-être... Qu'est-ce que vous dites de ça, monsieur Merlin?

— Je dis que c'est une belle chose qu'une conviction solide.

— Certainement, appuie M. Legros. On est républicain ou on ne l'est pas.

Le père Merlin sourit. Mon père, qui ne m'a pas vu entrer, m'aperçoit.

— Tu étais là ? Qu'est-ce que tu fais ?

— Papa, j'ai appris tout à l'heure qu'on a aperçu les Prussiens à Ablon. Je venais te le dire.

— A Ablon ! s'écrie M. Beaudrain. Diable de diable !

Et il sort une carte du département qu'il porte toujours sur lui.

— Tenez ! là !

Toutes les têtes se penchent.

— En face Villeneuve-Saint-Georges, dit M. Legros. Mais ils ont la Seine à traverser. On va leur disputer le passage, j'espère. Ah ! si tout le monde fait son devoir...

M. Beaudrain relève la tête. Il a l'air inspiré.

— Faire son devoir ! Oui, tout est là !... Il faut élever nos cœurs... Elevons nos cœurs ! *Sursum corda !*...

— *Sursum corda !* répètent mon père et le marchand de tabac, qui ne savent pas le latin.

— *Sursum corda !* Haut les cœurs ! Mais, continue le professeur en frappant sur la table, que ce ne soit pas là un vain mot. Prenons dès maintenant l'engagement de défendre, par

tous les moyens en notre pouvoir, le sol sacré
de la patrie. Faisons serment...

Ça va devenir intéressant. Malheureusement, mon père s'avise de ma présence.

— Jean, ta place n'est pas ici. Remonte
dans ta chambre. Tes devoirs t'attendent.

Le soir, j'ai demandé à ma sœur des détails
sur ce qui s'était passé après mon départ. Elle
a refusé de m'en donner.

— Mais dis-moi au moins, Louise, si on a
prêté serment.

— Oui.

— Monsieur Merlin aussi?

— Non. Il est parti ausssitôt après toi. Il
avait ses fleurs à arroser.

— Ah !... Et l'on a fait serment de...

— Ça ne regarde pas les enfants. Tu es
encore trop jeune. Tout ce que je puis te dire,
c'est qu'il faut élever ton cœur. *Sursum corda!*...

J'élève mon cœur. Je grimpe tous les matins
sur un arbre de la butte de Picardie pour voir
si je n'aperçois pas les Prussiens. Quand j'ai
constaté l'absence de tout casque à pointe à
l'horizon, je vais passer le reste de ma mati-
née dans le parc. Ce n'est pas bien drôle, le

parc : avec ses allées montantes, ses balus-
trades, ses escaliers, ses vases, ses boulingrins,
ses terrasses, il me fait l'effet d'une grande
pièce montée. Mais j'ai l'espoir d'y rencontrer
un camarade. Quand j'en déniche un, ça va
encore. Quand je n'en trouve pas, par exemple,
c'est un désastre. J'en suis réduit à examiner le
parc dans ses moindres détails. C'est triste à
mon âge, allez ! Ce fameux Le Nôtre était décidément au-dessous de tout comme jardinier.

— C'était le modèle des fils ! dit M. Beaudrain qui m'a fait apprendre par cœur, dans
les *Morceaux choisis*, une pièce où il est question de la piété filiale du planteur de buis.

— C'était le modèle des fils : aussi, ce fut un
grand homme ! Il fut honoré de l'amitié du Roi-
Soleil. Voyez-vous, mon ami, pour arriver à
quelque chose de bien, il faut avoir à un haut
degré le sentiment de la famille.

M. Beaudrain doit me tromper.

Ah ! les quinconces maussades, les urnes
lugubres, les statues galeuses, les bronzes à
écrouelles ! Les hideux tapis verts sur lesquels
sanglotent les vieux arbres, les murs des terrasses tapissés d'un buis sale qui ressemble à
du velours pisseux ! Il y en a partout, du buis ;

8.

on l'a mis à toutes les sauces, coupé à toutes
les coupes ; on l'a taillé en carrés, en triangles,
en pains de sucre, en toupies, en pyramides.
C'est triste à faire pleurer. S'il y avait des
fleurs, au moins, ce serait un peu plus gai :
on pourrait se croire dans un cimetière. Mais
on n'a point planté de fleurs. Pas de frivolités !
On a préféré l'utile à l'agréable. On a mis de
petits treillages au pied des plantations du
modèle des fils et des jardiniers. Les chiens
levaient la patte dessus.

Il y a, du côté de l'allée où les marmousets
prennent leur bain de pieds, quelque chose
d'ignoble. C'est un parterre encadré par des
rampes de marbre, lépreuses, moussues,
pareilles à des croûtes de vieux fromages. Dans
ce parterre, entre des bordures de buis — toujours — végètent de misérables arbustes grin-
galets, tout ronds, tondus à la malcontent,
comme des caboches de soldats, et des ifs
pitoyables, taillés en pointes — pointus à y
empaler des mécréants. — Je ne comprends
pas qu'on puisse arranger de cette façon des
végétaux qui ne vous ont rien fait. Il ont l'air
d'être au supplice, ces arbres. J'en ai vu qui
leur ressemblaient, dans une boîte champêtre,

en sapin, qu'on m'avait donnée dans le temps
pour mes étrennes : ils avaient un feuillage
en copeaux et, au pied, en guise de racines,
une petite rondelle de bois ; ils n'étaient pas
aussi vilains que ceux-là et ils sentaient bon la
colle et la peinture, au moins.

Je prends le pas de course lorsque je traverse ce parterre ; et je ne me retourne pas,
même lorsque je suis arrivé au bout. Je sais
que, si je me retournais, j'aurais devant moi
le grand squelette du château, avec ses hautes
fenêtres à petits carreaux qui font l'effet
d'énormes pièces de canevas dépiautées, où
manquent la laine de la tapisserie, la vie des
couleurs. Je vais, tristement, le long des charmilles qui montrent la trame des treillages. A
travers les trous, j'aperçois de l'herbe qu'on
n'a pas passée à la tondeuse, des mousses à
l'alignement incorrect, des pâquerettes, des
violettes, des coucous, des boutons d'or, qui
poussent là tranquillement, sans règle, à la
bonne franquette, comme si ce n'était pas
défendu. Ça doit être défendu, pourtant. Ah !
si Le Nôtre vivait encore !...

L'autre jour, en rentrant pour le dîner, j'ai

rencontré Mme Pion. Elle m'a demandé si mon
père était toujours aussi toqué. Je lui ai répondu, pour ne pas me compromettre, que je
n'en savais rien. Là-dessus, nous avons causé et,
comme elle revenait du marché, elle m'a offert,
avant de me quitter, une belle grappe de raisin.

— Mais, madame, je vous remercie.

— Prends donc, bêta. Vas-tu faire des
manières, toi aussi?

— Mais c'est que je n'ai pas encore dîné.

— Eh bien! tu mangeras ton raisin au dessert.

Je rentre à la maison, ma grappe à la main.

— Sapristi! me dit Louise. Tu as là un
beau raisin. Où as-tu pris ça?

— On me l'a donné.

— Qui ça?

— Mme Pion.

— Tu dis?...

— Mme Pion.

— Ah!!!

Louise se précipite dans le jardin où mon
père fume sa pipe en prenant son vermouth.
Une minute après, j'entends la voix parternelle.
Je manque de m'étrangler avec un grain très
gros que je viens d'avaler.

— Jean, arrive ici tout de suite.

Je m'avance, à pas lents, vers le berceau, baissant le nez, la grappe derrière mon dos.

— Tu as accepté un raisin de Mme Pion?

Je lève la tête. Horreur! mon père n'est pas seul. Il y a là M. et Mme Legros, M. Beaudrain et Mme Arnal...

— Veux-tu me répondre, oui ou non? Est-ce Mme Pion qui t'a donné ce raisin?

— Oui, papa.

— Alors, tu accceptes quelque chose d'un bonapartiste? Tu manges des raisins badingueusards? Tu n'as pas honte?

J'essaye de sauver mon raisin.

— Si, papa, j'ai honte.

— Alors, jette ta grappe.

J'hésite. Quel dommage! De si bon raisin!

— Jette ta grappe!

Je la jette et je m'en vais, furieux. Furieux et honteux. J'ai vu, avant de partir, de quelle façon M. Legros me regardait, j'ai aperçu le sourcil froncé de M. Beaudrain et les lèvres pincées de Mme Arnal. Je comprends toute l'étendue de ma faute. Je comprends que tout le monde sait déjà que je suis un corrompu, un vendu, un traître. Quelle honte! Il ne me

reste plus qu'à aller me cacher dans ma
chambre.

Mais Catherine m'arrête au passage, sur la
première marche de l'escalier. Elle a une
lettre à la main.

— Monsieur Jean, voulez-vous me lire cette
lettre?

Catherine ne sait pas lire. C'est moi qui
suis chargé de dépouiller sa correspondance.

— Ce n'est pas encore de mon frère. C'est
de mes parents. Je reconnais l'écriture du
maître d'école. Il y a bien le timbre de Chatelbeau, Haute-Vienne, n'est-ce pas?

— Oui.

— J'espérais que ce serait de mon frère. Il
y a si longtemps que je n'ai pas reçu de ses
nouvelles. Enfin! voyons...

Je lis :

« Ma chère fille,

« Nous avons une nouvelle à t'apprendre
avec beaucoup de ménagements, car elle est
bien triste et nous ne voudrions point te donner un coup comme ta mère en a reçu en
l'apprenant sans ménagements. C'est donc un
grand malheur que nous ne nous y attendions

pas quand nous avons reçu un procès-verbal
militaire apprenant le décès de ton pauvre
frère Grégoire, ma chère fille. Ta mère est
dans les larmes sans décesser la nuit et le
jour, car tu comprends qu'il n'y a plus d'espoir
et que nous nous désolons tant que l'on ne
peut guère la consoler non plus. Il y a trois
garçons de la commune qui ont été tués aussi
et pas un seul à Sainte-Ragonde qui est bien
quatre fois plus grand que Chatelbeau, et
c'est un grand malheur, car les récoltes sont
belles ici et nous n'avons point à nous plaindre
pour quant à nous, nous avons deux cochons
gras à vendre. Monsieur le curé te fait dire
de prier pour l'âme de ton pauvre frère et je
ne connais pas d'autres nouvelles.

« Ton père pour la vie qui t'embrasse... »

Je lis tout d'une haleine, pendant que Catherine, qui s'est laissé tomber sur une chaise,
sanglote dans ses deux mains. Tout d'un
coup, elle se lève et s'essuie les yeux.

— Monsieur Jean, voulez-vous me donner
la lettre ? Montrez-moi où il y a les *deux cochons
gras à vendre*.

— Là, Catherine.

La bonne prend la plume qui lui sert à marquer, en signes bizarres, ses comptes avec les fournisseurs. Elle biffe et rebiffe la phrase dont je lui ai indiqué la place, prend la lettre, et se dirige vers le jardin. Je la suis.

— Pardon de vous déranger, monsieur, dit-elle à mon père, mais j'ai reçu une lettre... monsieur Jean me l'a lue... Mais je serais bien contente si monsieur... Je ne puis pas croire que c'est vrai, voyez-vous...

Mon père recommence la lecture que je viens de faire.

— Il n'y a pas à en douter, ma pauvre fille, dit-il quand il a fini. Votre frère est mort en défendant la patrie.

— Mort comme un héros, dit M. Beaudrain. Comme un de ces héros obscurs qui...

— Mort comme nous mourrons tous, dit M. Legros que sa femme, à ces mots, saisit par le bras. Oui, Amélie, comme nous mourrons tous plutôt que de laisser les vandales souiller plus longtemps le sol sacré de la France.

— Oui, tous, approuve mon père d'une voix sombre. Consolez-vous, Catherine; songez...

— Ah! monsieur, c'est plus fort que moi : je ne puis arriver à me figurer que c'est ar-

rivé... Un garçon si fort, si beau... Vingt-
quatre ans, monsieur... vingt-quatre ans...

Elle fond en larmes.

— Pauvre fille! soupire Mme Arnal en s'essuyant les yeux.

— Et ces pauvres parents, gémit Mme Legros. Cette pauvre vieille mère... Ah! c'est
affreux! Ce Bismarck! Ah! si je le te-
nais...

— Avez-vous remarqué le style de la lettre?
demande tout bas M. Beaudrain à mon père.
Comme c'est simple, mais comme c'est empoignant! Rien, absolument rien, au point de
vue de la syntaxe, naturellement, mais une émotion qui déborde. Et ce passage sur les récoltes!
cette antithèse entre les ruines que fait la
guerre et les dons généreux de Cérès! C'est
d'une simplicité... rustique... Pas une expression triviale, d'ailleurs, pas une expression
basse : les récoltes! Ah! le terme est choisi
de main de maître, fait le professeur en secouant la tête.

Heureusement qu'il n'a pas vu les *cochons
gras!*

Catherine pleure toujours. Mme Arnal s'est
assise auprès d'elle et la console. Mme Legros

9

continue à déblatérer contre Bismarck, Guillaume et Badinguet.

— Ah! les trois monstres! On devrait leur
infliger des supplices affreux! Ah! pas les tuer
tout d'un coup, par exemple! mais, tenez :
les attacher à un poteau et les faire mourir à
coups d'épingle... Les faire souffrir des journées entières, quoi !...

— Le mieux, dit M. Legros, ce serait encore de les faire griller, comme saint Laurent.
Le feu, il n'y a que ça. Je me suis brûlé il y a
quinze jours, moi, en torréfiant du café. Eh
bien! j'ai encore la marque de la brûlure.
C'est d'un douloureux !

— Et le pal? demande M. Beaudrain.
Croyez-vous que ce ne soit rien? C'est épouvantable, tout simplement. On pourrait encore
user de l'écartèlement, ou de l'écorchement,
ou du crucifiement; mais ce sont des moyens
bien rapides... Non, en vérité, je crois que le
pal...

— Ce qu'il faudrait, fait mon père, je vais
vous le dire : il faudrait attacher les trois
bourreaux au milieu des cadavres de leurs
victimes et les laisser mourir là !

— Bravo! crie M. Legros.

Catherine lève la tête, étonnée et, de ses yeux rougis tout grands ouverts, semble interroger l'épicier.

— Oui, continue M. Legros, oui, nous vengerons nos morts! Nous vengerons votre frère, Catherine! Les barbares nous rendront compte du sang qu'ils ont versé! La vengeance!...

Catherine s'est levée et semble boire les paroles du marchand de tabac.

— Eh bien! s'écrie-t-elle tout à coup, et comme hors d'elle-même, eh bien! oui, je me vengerai! Je leur ferai payer la mort de mon frère!... Le premier Prussien qui va me tomber sous la main, je le tue comme un chien, aussi vrai que j'ai cinq doigts dans la main! Oui, je le tuerai, je le tuerai...

Elle part, brandissant sa lettre, faisant des gestes extravagants.

— Vraiment, ça fend le cœur! dit Mme Arnal. Cette pauvre fille!...

— Ne la plaignez pas, fait Mme Legros en étendant le bras. C'est une héroïne! Il faut l'admirer, mais non la plaindre. C'est beau, ce qu'elle vient de dire! Ah! c'est beau!

— C'est du Corneille, dit M. Beaudrain en se léchant les lèvres.

— Savez-vous qu'elle est capable de le faire comme elle le dit? demande mon père,

— Je n'en doute nullement, répond le professeur... Eh! eh! ce ne serait point la première fois qu'une femme se serait conduite d'une façon virile... L'histoire nous apprend...

— Judith et Holopherne! s'écrie Mme Legros.

— Je voulais parler, dit M. Beaudrain mécontent de voir sa phrase interrompue, de Jahel, femme d'Haber, qui planta le clou de sa tente dans la tête de Sisara.

— Ah! fait philosophiquement l'épicière... C'est que c'est moins connu, voyez-vous... Eh bien! Catherine sera une Judith!

— Eh! eh! fait M. Beaudrain, savez-vous, madame, que, que... Comment dirai-je?...

— Dites ce que vous voudrez. Ce sera une Judith!

M. Legros essaye de calmer sa femme.

— Tu te montes, ma chère amie... Tu avances là des choses, vraiment... Tu sais pourtant bien qu'avant de tuer Holopherne, Judith a... s'est... enfin...

— Et puis après? demande l'épicière agacée. Quand il s'agit de sauver la patrie? Lorsqu'il est question de venger un parent, un

frère. Ah! Legros, manqueriez-vous de cœur,
par hasard? Vous aurais-je mal jugé jusqu'ici?
Mettre en balance des intérêts supérieurs et
un léger sacrifice!

— Oh! vraiment, madame! fait Mme Arnal,
toute rouge. Vous exagérez un peu.

— Pas le moins du monde, Judith a bien
fait. Et je ferais comme elle, moi!

— C'est brave, je l'avoue, déclare M. Beaudrain; mais c'est peut-être aller trop loin.

Je vous demande un peu pourquoi. Moi, je
trouve çà tout naturel. Judith s'en va dans la
tente d'Holopherne et, lorsqu'il est endormi,
lui coupe la tête. Voilà. C'est très simple. Et
je ne comprends pas pour quelle raison ma
sœur, qui vient d'entrer dans le berceau, est
devenue rouge comme une pivoine.

— Quand les circonstances l'exigent, je
comprends tout! s'écrie l'épicière en regardant Mme Arnal, pendant que son époux lui
frappe sur l'épaule et que mon père sourit,
ainsi que M. Beaudrain.

— Le fait est, dit le professeur, qu'il n'y a
guère de pièce sans prologue, et que, lorsqu'on tient à arriver à l'épilogue...

— Ah ! c'est çà ! dit Mme Arnal. L'épilogue, à la bonne heure ; j'en suis. Mais le prologue...

Quel prologue ? quel épilogue ?

Mme Arnal minaude.

— Le prologue — ce M. Beaudrain a des mots charmants — le prologue, non, décidément... je ne me sentirais pas le courage... Je... Il me semble que si un étranger, un ennemi... Je ne sais pas, mais rien que cette idée-là... Je ne comprends pas...

— Eh bien ! moi, je comprends tout ! rugit Mme Legros, malgré les supplications de son mari ; ah ! mais oui, tout !...

Mme Legros est une vraie patriote.

Elle comprend tout. Ça ne fait pas un pli.

XI

Quelqu'un qui paraît bien étonné en pénétrant chez nous ce matin, c'est M. Legros. Il trouve mon père en train d'enterrer, dans une grande fosse qu'il a creusée tout au fond du jardin, une multitude d'objets : de petites caisses en bois, en fer, un panier en osier, une malle. J'aide mon père dans ce travail et mon grand-père Toussaint, qui a quitté Moussy hier pour venir habiter chez nous, enveloppe dans des chiffons huilés et des lambeaux de toile le revolver et le fusil de chasse paternels. Deux vieux sabres de cavalerie et un fusil à pierre qui ornaient ma chambre gisent à côté de lui.

— Comment ! s'écrie l'épicier d'une voix absolument consternée, comment ! Barbier, vous enfouissez vos armes dans le sol !

— Ma foi, fait mon père embarrassé, je... c'est-à-dire... c'est à cause des enfants, vous comprenez... un malheur est si vite arrivé...

— Et l'ennemi qui est à nos portes ! gémit
le marchand de tabac.

— Oh ! soyez tranquille ! si la ville songe à
se défendre...

— Douteriez-vous du patriotisme de la garde
nationale ? demande M. Legros indigné. Vous
en faites partie, pourtant, bien que vous vous
dispensiez plus souvent que de raison d'assister aux manœuvres.

— Et ! je le sais parbleu ! bien que j'en fais
partie, puisque j'ai là, dans le placard du vestibule, mon fusil de munition et mon fourni-
ment complet.

— A la bonne heure ! je vois que vous ne
suspectez pas l'énergie du corps d'officiers...
Moi, aussi, il y a quelque temps, j'ai cru qu'il
ne serait guère possible de résister ; mais
aujourd'hui, pour peu que chacun fasse son
devoir...

— Vous savez bien que nous avons juré de
le faire... Entortillez bien le revolver, père Toussaint, le mécanisme craint l'humidité... Alors,
Legros, vous disiez qu'aujourd'hui ?...

— Aujourd'hui, les Prussiens trouveront à
qui parler. Du reste, nous ne les attendons guère
avant trois ou quatre jours. Toutes nos précau-

tions sont prises ; les barrières sont fermées et
les postes qui les gardent ont ordre de n'ouvrir qu'à des parlementaires. Nous sommes à
Versailles une douzaine de mille hommes au
moins...

— Dont trois mille armés, dit le père Toussaint en ricanant. Et encore !

— C'est ce qui prouve, monsieur, que votre
gendre a tort d'enterrer son fusil de chasse.
Avec ce fusil-là, on pourrait armer un homme,
donner un défenseur à la patrie.

— Allons donc ! ça ferait un fusil de plus à
reporter à la mairie, après l'entrée des Prussiens,
et voilà tout. Tenez, Barbier, voilà votre fusil et
votre revolver... Voulez-vous que j'enveloppe
aussi votre sabre, monsieur Legros? J'ai encore
des chiffons... Non? Vous préférez le remettre
aux Allemands? Comme vous voudrez.

Mon père arrange les armes dans la fosse.

—C'est dommage, dit-il. J'ai un sacré diable
de loir qui vient manger les fruits, la nuit. Je
le guette depuis deux jours et j'aurais bien
voulu finir par lui envoyer une charge de plomb
dans les reins... Mais, à propos, monsieur Legros, vous me prêterez bien votre fusil, vous?
Vous me rendrez service.

9.

— Je ne demande pas mieux... mais je... en ce moment-ci... je crois...

L'épicier balbutie, se trouble, rougit. Le père Toussaint le regarde curieusement et, tout à coup, éclate de rire.

— Dites donc que vous l'avez enterré aussi, votre fusil, sacré farceur !... Allons, donnez-moi votre sabre, allez ! il y a encore de la place dans le trou...

M. Legros s'en va, rouge de colère.

—Savez-vous, Barbier, demande mon grand-père, que si les Prussiens arrivaient en ce moment-ci, ce gros patapouf de marchand de tabac serait parfaitement capable de se faire tuer pour me prouver que j'ai eu tort de me moquer de lui?

— C'est bien possible, fait mon père qui achève de combler la fosse. Heureusement, les Allemands ne sont pas encore là...

Au fait, Jean, as-tu porté à la poste les lettres que j'ai écrites ce matin?

— Pas encore, papa.

— Vas-y donc. Il est plus de dix heures et demie et la levée a lieu à onze heures.

Je vais à la poste, je laisse tomber les lettres dans la boîte et je reviens en chantonnant, le nez baissé, comme si je comptais les brins

d'herbe qui poussent entre les pavés. Un
grand bruit de galopade, en haut de la rue
Duplessis, me fait lever la tête.

— Oh !

Je m'aplatis le long d'un mur, plus mort que
vif. Des cavaliers, des cavaliers comme je n'en
ai jamais vu, passent devant moi au grand
galop. C'est terrible ! Ils me font l'effet de
géants et leurs chevaux, dont les fers lui-
sants frappent la pierre en faisant jaillir des
étincelles, me semblent énormes, eux aussi.
Oh ! que j'ai peur !

Ils sont passés, ils sont déjà loin, que je ne
puis bouger de ma place. Je tourne la tête,
seulement, et je les aperçois, tout là-bas, galo-
pant toujours. Brusquement, devant la gare,
ils s'arrêtent. Comment ! ils ne sont que quatre !
J'aurais juré qu'ils étaient cent. On dirait des
lanciers, mais des lanciers tout noirs. Ils ont
un gros pistolet au poing et, attachée au bras
droit, une longue lance avec une banderole
noire et blanche... Mais je n'ai pas le temps
d'en voir plus long ; ils reprennent le galop et
je ne distingue plus que l'étincellement des
sabres et des fers, les couleurs des bande-

roles qui clapotent au vent et les silhouettes
noires des passants qui se sauvent, effarés,
devant l'épouvantable chevauchée...

Je rentre à la maison, en courant.

— Papa! grand-papa! Louis! Catherine!...
Les Prussiens! Les Prussiens sont ici! Je
viens de les voir!... Les Prussiens!... Quatre
Prussiens!...

On se précipite, on m'entoure, on me
demande des détails. J'en donne — autant
que je puis en donner — mais pas assez,
cependant, car on m'en redemande encore.
On m'écoute en frissonnant:

— Ils sont vilains? me demande ma sœur,
qui tremble de tous ses membres.

— Oh! oui! Et grands! grands!

— Brrr!!

— Et tu dis qu'ils avaient un gros pistolet
au poing?

— Deux fois plus gros que le revolver de
papa!

— Et des lances?

— Et des lances.

— Et des sabres?

— Et des sabres.

— Brrr!!

— Ils ne t'ont rien dit en passant?

— Non, rien... mais ils m'ont regardé d'un air furieux. Un, surtout, qui avait une grande barbe rouge.

En réalité, je ne sais même pas si les Prussiens m'ont vu et j'ignore absolument s'ils avaient de la barbe. Mais je prends çà sous mon bonnet ; ca fait bien. Ça me donne l'air homme. Je murmure même en avançant le menton :

— J'ai bien cru, un moment, qu'ils allaient me tuer.

Ma sœur m'embrasse. Ça ne lui arrive pas souvent. Il faut qu'elle soit rudement émue.

— Les brigands! s'écrie Catherine. C'est qu'ils en sont bien capables, ces sauvages, de tuer un pauvre innocent ! Pauvre petit ! Quand on pense...

Et sa figure, terrible tout à l'heure lorsque j'ai annoncé l'entrée des Prussiens, devient infiniment douce et triste. — J'ai honte d'avoir menti.

— Que faire ! que faire ? demande ma sœur en se tordant les mains.

— Il faut fermer tous les contrevents des fenêtres qui donnent sur la rue, répond mon

père, verrouiller les portes et, ma foi... déjeuner en attendant les événements... Ce sera
toujours un déjeuner que les Prussiens n'auront pas.

Nous déjeunons tristement, du bout des
dents, échangeant nos craintes, nous faisant
part de nos pressent ments. Et nous parlons de
la tante Moreau, aussi, qui n'a pas voulu quitter le *Pavillon*, qui a refusé de venir à Versailles.

— Elle aurait pourtant été plus en sûreté
ici, dans une ville, qu'en pleine campagne,
dit Louise.

— Ah ! s'écrie mon grand-père, j'ai pourtant fait tout ce que j'ai pu pour la décider.
Je lui ai dit : « Vous voyez bien ; moi, je suis
un homme et je pars. Si, dans quelques jours,
il n'y a pas de danger, je reviendrai. Venez
avec moi. Nous reviendrons ensemble, s'il y
a lieu. Barbier sera enchanté de vous offrir
l'hospitalité... »

— Parbleu ! s'écrient mon père et ma
sœur.

— Elle s'est obstinée à rester quand même.
Savez-vous ce qu'elle m'a répondu : « Que
voulez-vous que les Allemands fassent à une

vieille bonne femme comme moi? Il faudrait être bien méchant pour me faire du mal. »

— Pauvre tante, fait Louise en s'essuyant les yeux.

— Je souhaite, dit mon père...

Mais un coup de sonnette nous fait tressaillir. Nous regardons à la pendule : midi et demi. Nous n'attendons personne à cette heure-là...

Qui peut sonner? Qui peut avoir sonné? Ouvrira-t-on? N'ouvrira-t-on pas?

Nous nous consultons. Enfin, je suis chargé d'aller regarder, avec précaution, par une fenêtre des mansardes, quelle est la personne qui se présente à notre porte. Je grimpe l'escalier, j'entr'ouvre la lucarne sans faire de bruit, je me penche et j'aperçois M. Legros. Il n'a plus son uniforme ; il est en civil. Il m'a même l'air de trembler très fort ; il regarde anxieusement dans toutes les directions. Je redescends et je vais lui ouvrir la porte.

— Eh bien! vous connaissez la nouvelle? demande-t-il en entrant, d'une voix chevrotante qui trahit une profonde agitation intérieure. Les Prussiens sont dans la ville... c'est-à-dire une avant-garde... des parlementaires...

des parlementaires... Nous les avons laissés
entrer, car on a beau être ferme... patriote...
il faut être sensé, réfléchir... se rendre compte,
en un mot... Trois mille hommes ne peuvent
pas lutter contre une armée... On a signé à
midi un capitulation honorable... très honorable... je n'en ai pas vu le texte encore, mais
elle est très honorable... Tout ce que je sais,
c'est que la garde nationale doit être désar-
mée... oui... et puis, on doit combler les tranchées et enlever les abatis qui barrent les
routes... C'est naturel, après tout, puisque les
Prussiens arrivent ici à deux heures et qu'on
a signé une capitulation... honorable... Est-ce
que j'avais pensé à vous dire que les Prussiens
arrivent à Versailles à deux heures? Ils arrivent à deux heures... Ah ! si la ville avait eu des
fortifications !... Ah ! diable : une heure ! Je
m'en vais... Il ne fera peut-être pas bon dans
les rues, bientôt... Au revoir.

Le marchand de tabac s'en va. Sa dernière
phrase me donne à réfléchir : il ne fera pas
bon dans les rues. Sapristi ! et moi qui ai tant
envie d'aller faire un tour... du côté où vont
arriver les Allemands. Si je parle de mon envie
à mon père, il ne me laissera pas sortir, c'est

clair. Alors, il faudrait m'éclipser à la muette
ou me résigner à manquer l'entrée des troupes
prussiennes. Manquer un spectacle pareil, ce
serait bien embêtant... Je m'éclipserai...

Je m'éclipse. J'ouvre la porte tout doucement, je la referme en faisant encore moins
de bruit et je suis dans la rue. Personne ne
s'en doute. Je prends ma course vers le boulevard du Roi.

Pas grand monde, boulevard du Roi. Toutes
les fenêtres fermées, toutes les portes closes.
Je le remonte presque jusqu'à la grille; le
poste des gardes nationaux est désert. Deux
douaniers seulement montent la faction, les
yeux tournés du côté de la campagne. J'attends — en tremblant. Pourvu que personne
ne vienne me déranger, ne s'aperçoive de ma
présence et ne me force à déguerpir! Je tremble
de plus en plus — mais c'est rudement bon
de trembler comme ça.

J'ai envie d'aller demander aux douaniers
s'ils pensent qu'il y en aura encore pour longtemps, mais je n'ose pas...

Tout d'un coup, j'entends la musique. Ce
sont eux! Je m'accroche à un bec de gaz et je

me penche en avant pour mieux voir... mais
rien, rien que le bruit des tambours et de la
musique, qui se rapproche rapidement. Le cœur
me bat à craquer, la respiration me manque...

— Les voilà !

Ce sont les douaniers qui ont crié ça, et ils
prennent leur course vers la ville. Ils me
frôlent en passant et leur terreur me gagne.
Je les suis. Mais, en courant, j'aperçois, de
l'autre côté du boulevard, cinq ou six curieux
qui se sont arrêtés et qui se dissimulent derrière les arbres. Tiens ! s'ils restent, pourquoi ne
resterais-je pas ? Je me cache derrière un arbre,
moi aussi, et je regarde en écarquillant les yeux.

Là-bas, sur la route, à cinquante pas de la
barrière, une douzaine de cavaliers, pareils à
ceux que j'ai vus ce matin. Ils s'avancent au
pas et s'arrêtent un instant devant le poste
de la douane. Ils entrent dans la ville, sur
deux rangs, longeant le bord des trottoirs.

— Les uhlans ! dit une voix à côté de moi.

Ah ! ce sont des uhlans ! Ils approchent, la
lance au bras, le pistolet au poing. Ils passent
devant moi et je sens que je vais tomber, je
sens que mes ongles s'enfoncent dans l'écorce

de l'arbre contre lequel je suis collé. Ils sont
couverts de sang, ces hommes! il y a du sang
aux banderoles de leurs lances, aux jambes
de leurs chevaux, aux morceaux de leurs uniformes déchirés et l'un d'eux, au premier
rang, a la figure entourée d'un linge blanc
que piquent des points rouges. Ils viennent
de se battre. Ah! c'est affreux! Je veux m'en
aller, je veux m'en aller!

Impossible. Devant moi, il y a des uhlans
qui s'avancent toujours au pas, en fouillant de
l'œil les rues transversales et, derrière, une
masse noire s'approche. On entend le bruit
des pas. On commence à distinguer les pointes
des casques, les canons des fusils, les petits
tambours, guère plus grands que des tambours
de basque, et les fifres. Ils jouaient une marche
guerrière, ces tambours et ces fifres, suivis de
fantassins à l'uniforme bleu sombre, qui défilent,
chaussés de bottes où ils ont fourré leurs pantalons, le fusil à plat sur l'épaule, le manteau roulé
en sautoir. Et ces hommes, souillés de boue et
de poussière, noirs de poudre, aux tuniques
en lambeaux, ces hommes qui se sont battus
ce matin, sans doute, qui viennent de faire
une marche pénible, conservent l'alignement

le plus merveilleux, la tenue la plus correcte.
Le pas se cadence d'un bout à l'autre de la
colonne, les sous-officiers marchent sur le
flanc des troupes et les officiers, l'épée à la
main, en costume simple, sans dorures, sans
épaulettes, orné seulement d'un peu de velours, s'avancent à la tête de leurs compagnies,
raides et droits comme des automates.

Il en passe, il en passe toujours. Je suis à
moitié sorti de derrière mon arbre et je regarde
franchement. Je n'ai presque plus peur. Subitement, les tambours et les fifres cessent de
jouer. Alors, une musique dont j'aperçois les
instruments, tout là-bas, devant un groupe
d'officiers à cheval, entame un hymne de combat et, sur toute la ligne des troupes, depuis
les premiers rangs qui déjà ont atteint le château jusqu'aux derniers qui débouchent du
Chesnay, des hurrahs éclatent et couvrent la
voix des cuivres. Un dernier cri de triomphe et
la musique, de nouveau, déchire l'air de ses
notes victorieuses...

Elle joue la *Marseillaise!*... la *Marseillaise*,
l'hymne que jouaient les musiques de nos régiments partant pour la frontière, l'hymne qui
rend le Français invincible, qu'on gueulait dans

les rues au moment de la déclaration de guerre
et que j'ai chanté, moi aussi, lorsque nous
croyions à la victoire, lorsque nous voulions
planter d'avance des drapeaux tricolores sur la
route de Berlin...

Le drapeau tricolore ! ah ! nous ne le reverrons pas de longtemps, peut-être ; et il nous faudra regarder flotter les étendards noirs et
blancs, pareils à celui que porte un officier
décoré d'une croix en fer, au milieu du dernier
régiment d'infanterie.

C'est l'artillerie qui s'avance, maintenant,
avec ses canons noirs couchés sur les affûts
peints en bleu, avec ses servants à pied et à
cheval coiffés de casques surmontés d'une boule
en cuivre. Il y a des fleurs à la gueule des
pièces et les caissons et les prolonges sont en-
guirlandés de lierre et de feuillage...

La cavalerie succède à l'artillerie : des dragons, des cuirassiers, des hussards de la mort,
avec des brandebourgs blancs et une tête de
mort au bonnet. Puis, viennent des voitures,
des caissons, des voitures à échelles...

Tout d'un coup, le cœur me bat : il me semble,
entre les roues des derniers caissons, avoir
aperçu des pantalons rouges. Oui, ce sont bien

des pantalons rouges. Entre deux haies de Prussiens, la baïonnette au canon, marchent des soldats français prisonniers, sans armes, sales, déguenillés, l'air abattu, désespéré. Ils sont deux cents, au moins... et je regarde, tant que je puis les voir, les képis rouges de ces malheureux qui vont aller pourrir dans une forteresse allemande... Les voitures passent toujours, escortées par des uhlans. Il y a des prolonges pleines d'armes, de chassepots et, tout à la fin, des caissons pleins de paille, des voitures de tous modèles, des camions même, portant le drapeau blanc à croix rouge des ambulances, d'où s'échappent des cris à faire frémir, des gémissements lamentables.

Un dernier peloton de uhlans. C'est fini.

— C'est tout un corps d'armée qui vient de passer, me dit un monsieur qui est resté derrière un arbre, pas loin de moi, pendant le défilé des troupes, c'est le 5e corps prussien, général de Kirchbach.

J'ai déjà vu ce monsieur, mais je ne le connais pas. Je crois qu'il demeure dans notre quartier. Il me salue et s'en va tranquillement, la canne à la main.

Une personne qui a l'air beaucoup moins

tranquille, c'est un monsieur long et maigre
qui sort craintivement d'une allée où il s'était
tapi pendant le passage des Prussiens et qui,
en traversant le boulevard, jette à droite et à
gauche des regards furtifs. Son chapeau est
enfoncé sur ses yeux et le collet de sa redingote lui remonte sur les oreilles. Tiens! on
dirait qu'il m'a reconnu et qu'il se dirige de
mon côté.

— Jean! vous ici! Eh! que faites-vous, jeune
imprudent?

C'est M. Beaudrain. Je le reconnais à la voix,
beaucoup plus qu'à la figure, une figure qui a
pris des tons jaune pâle — une couleur de
panade. — Pourtant, la voix tremble, elle
tremble beaucoup, M. Beaudrain doit avoir
une fière peur.

— Ce que je fais, monsieur? Je rentre à la
maison...

— Et vous avez assisté à l'entrée des Prussiens?

— Oui, monsieur.

— Exprès?

— Oui, monsieur.

Monsieur Beaudrain n'en revient pas. Comment! j'ai eu le front, l'audace, le toupet, de

venir, tout seul, contempler le défilé triomphal
des Allemands ? Mais je suis donc un risque-
tout, un cerveau à l'envers, une tête brûlée ?

— Mais, vous-même, monsieur...

— Moi, c'est différent. Je ne croyais pas,
je ne pouvais supposer que l'armée ennemie
prendrait aujourd'hui possession de la ville.
Sans cela, croyez-le bien, je ne serais pas sorti.
J'étais allé faire une visite à côté, rue de Mau-
repas ; et, en revenant, j'ai vu mon chemin
intercepté par les hordes prussiennes... Et
vous êtes resté là tout le temps.

— Oui, monsieur. Les Prussiens marchent
bien, n'est-ce pas ? Avez-vous vu les prisonniers ?

— Je n'ai rien vu, dit le professeur. J'étais
dans cette allée, là, et je n'ai pas mis le nez
dehors, soyez-en sûr. Un mauvais coup est
vite attrapé et je n'ai qu'une médiocre confiance dans la générosité des Vandales mo-
dernes... Mais il pourrait en venir d'autres.
Filons, filons...

M. Beaudrain m'entraîne. Nous passons
par des rues détournées, des chemins déserts.
Au moindre bruit, le professeur tressaille,
blémit. Au coin d'une rue, il me quitte.

— Ecoutez, mon cher enfant, je voudrais
bien vous reconduire jusque chez vous, mais...
je crains... une personne seule attire moins
l'attention... Prenez bien garde... Au revoir...
De la prudence !...

Et il part, se dissimulant le long des murailles.

Je rentre à la maison tranquillement, sans
voir l'ombre d'un Prussien. Mon père m'ouvre
la porte.

— D'où viens-tu ? Nous t'attendons depuis
deux heures...

Je vois venir une réprimande — autre chose
peut-être. — Je me tire de ce mauvais pas en
donnant des renseignements, beaucoup de
renseignements. Je parle pendant une heure
au moins. Je raconte tout ce que j'ai vu —
même un peu plus. — Lorsque je déclare que
j'ai vu des prisonniers français, Catherine pleure
à chaudes larmes. Ma sœur s'étonne d'apprendre
que les Prussiens ont de la barbe et mon père
s'indigne fortement lorsque je lui dis que les
musiques allemandes jouaient la *Marseillaise*.

—C'est infâme ! Insulter les vaincus ! Les nar-
guer ! Ah ! l'on reconnaît bien là l'esprit teuton !

Il insulte le roi de Prusse. Il injurie Bismarck. Il se monte. Je profite de sa colère

10

pour grimper dans ma chambre. Je prends un livre, mais il m'est impossible de lire une ligne. J'ai encore devant les yeux le spectacle de tout à l'heure et je ne puis penser à autre chose.

J'entends le pas d'un cheval dans la rue. J'ouvre la fenêtre, tout doucement, j'entr'ouvre la persienne et je regarde. A cinquante mètres, devant le bureau de tabac de M. Legros, un officier prussien à cheval est arrêté. Il parle avec une personne qui se trouve à l'intérieur, mais je n'entends pas ce qu'il dit. M. Legros sort de sa boutique, le chapeau à la main, en faisant de grands gestes pour expliquer, sans aucun doute, qu'il ne possède pas ce qu'on lui demande. Alors, le Prussien fait un signe bref, indiquant la ville ; et l'épicier, qui a compris, part en courant. Le cavalier attend son retour, une main sur la hanche, en examinant les maisons du voisinage.

Mais voici M. Legros au bout de la rue, toujours courant, rouge, suant, essoufflé. Il tend au Prussien, en se découvrant, une chose enveloppée dans du papier. C'est un énorme cigare. L'officier l'allume, paye et s'en va, au pas. Il passe devant la maison et je ferme la persienne, bien doucement, pour qu'il n'entende rien.

J'ai envie de descendre pour raconter à
mon père ce que je viens de voir ; mais il m'a
formellement défendu d'ouvrir les contrevents
et il me gronderait certainement. Je suis forcé
de garder ça pour moi. C'est dommage. Ah !
ce fameux M. Legros !

Le soir, le garçon boucher qui est venu
apporter la viande nous a appris qu'un régiment prussien faisait boire ses chevaux à l'u-
sine à gaz, dans les bassins. Il paraît aussi que
les Prussiens ont allumé des feux de bivouac
sur les avenues, qu'ils abattent des bœufs et
des moutons et qu'ils se préparent à passer
la nuit à la belle étoile

— Mais pourquoi n'occupent-ils pas les ca-
sernes ? demande mon grand-père.

— Ils supposent sans doute qu'elles sont
minées, fait le garçon boucher.

— Ah ! quel malheur qu'on n'ait pas pensé
à miner les avenues ! s'écrie Louise. On les
aurait tous fait sauter pendant la nuit.

— Oh ! ils prennent bien leurs précautions,
assure le garçon boucher. Il passe des pa-
trouilles partout et ils ont posé des sentinelles
à tous les coins de rues ; j'ai vu ça il y a une

demi-heure, en allant porter de la viande, rue de
la Pompe. Et puis, vous savez, c'est dégoûtant,
des sauvages comme çà ; ils n'achètent même
pas de la viande aux commerçants ; ils traînent
derrière eux des bestiaux qu'ils ont volés à
droite et à gauche et ils les ont parqués sur
la place d'Armes. Comme c'est propre !

— C'est infâme, dit mon père.

— Est-ce qu'ils resteront longtemps à Versailles ? demande Catherine, songeuse.

— Oh ! non. Du moment qu'on a signé une
capitulation...

— Une capitulation honorable, fait ma sœur.

— Dans ce cas-là, comme le disait tout à
l'heure le patron, ils ont le droit de traverser
la ville, mais ils ne peuvent pas l'occuper.

— Çà, dit le père Toussaint, ce n'est pas
aussi sûr que du vinaigre.

— Mais, enfin, grand-papa, dit Louise,
puisqu'on a signé une capitulation honorable...

Nous apprenons, le lendemain matin, que
l'état-major prussien a fait cette réflexion qu'il
n'avait pas à traiter avec une ville ouverte.
Après quoi il a pris la capitulation et en a fait
de petits morceaux.

XII

Les Prussiens se sont installés en maîtres à
Versailles. La ville est devenue le quartier
général de l'armée qui doit assiéger Paris.
Tous les jours, il arrive de nouvelles troupes :
des dragons bleus, des dragons verts, des
pionniers gris, des hussards de toutes
couleurs, des gendarmes, des cuirassiers, des
Bavarois coiffés d'immenses casques à che-
nille. J'aurais bien voulu voir tous ces soldats.
Mais il m'est formellement interdit de mettre
le pied dans la rue. Après mon escapade de
l'autre jour, mon père m'a déclaré que, si
je sortais sans sa permission, il m'enfermerait
dans ma chambre, au pain et à l'eau, et je
suis forcé de m'en rapporter aux récits
des divers fournisseurs qui nous apportent
des nouvelles en même temps que des provisions.

Il paraît que, jusqu'ici, les Allemands ne

10.

se conduisent pas trop mal. Ils respectent les personnes et les propriétés et se bornent à faire des réquisitions. Ils ont d'abord réclamé toutes les armes qui se trouvaient dans la ville et messieurs les gardes-nationaux ont été invités à rapporter leurs fusils à la mairie, ce qu'ils ont fait sans se faire tirer l'oreille. Hier matin, mon père est sorti avec tout son équipement; il a été rejoint au milieu de la rue par M. Legros qui portait sous le bras, aussi tristement qu'un officier de Marlborough, son beau sabre à dragonne d'argent. Ce léger sacrifice n'a pas contenté les Prussiens qui réclament d'heure en heure, sans se lasser, les objets les plus divers : provisions de bouche, fourrages, couvertures, balais, matelas, semelles, amidon, peaux de sangliers, cirage et bandages herniaires. On voit tout de suite que les Allemands, qu'on nous représentait comme d'affreux barbares, sont fort civilisés et très au courant des objets nécessaires à la vie moderne.

— Enfin, dit ma sœur, puisqu'ils ne font que demander et qu'ils ne prennent rien, ça ne va pas trop mal.

— En effet; mais si l'on refusait de leur

donner ce qu'ils demandent? ricane mon
grand-père.

On s'en garde bien. Et l'on se garde, aussi,
de ne pas leur ouvrir sa porte quand ils y
frappent, comme ils viennent de le faire chez
nous.

C'est moi qui ai été leur ouvrir — après
avoir constaté leur identité par la fenêtre du
premier — et en tremblant bien fort. Ils sont
trois : deux grands et un petit. Le petit porte
une casquette plate et a une épée au côté. Ce
n'est pas un officier, mais il doit avoir un
grade. Quel grade ? Il nous l'apprend lui-
même en pénétrant dans la salle à manger,
où mon père, mon grand-père et ma sœur
attendent, debout.

— Bonjour, madame, bonjour, messieurs.
Voici un billet de logement pour moi, sous-
officier porte-épée au 58ᵉ régiment d'infanterie, et deux hommes.

Ma sœur a l'air bien étonnée d'entendre
un Prussien parler français ; celui-ci n'est pas
vilain, après tout, il a une petite moustache
très gentille, des yeux bruns très intelligents.
Quant aux soldats qui l'accompagnent, on
dirait deux brutes ; et, lorsque leurs regards,

qu'ils promènent avec ahurissement sur le mobilier, se posent sur moi, j'ai peur.

Mais le sous-officier se tourne vers eux et leur parle en allemand. Ils prennent leurs sacs et leurs fusils qu'ils avaient déposés en entrant et ils suivent mon père, qui les guide vers une grande pièce inoccupée où l'on va leur dresser des lits.

— Non. De la paille. De la paille, c'est bon pour le soldat, déclare le sous-officier.

Mon père insiste. Il veut faire bien les choses ; il tient à donner des lits. Quant au sous-officier, on le logera dans la *chambre d'amis,* où il sera très bien.

— Tenez, par ici, tout au fond du couloir.

Dans le corridor, nous rencontrons Catherine qui descend de sa chambre ; elle jette au Prussien un regard terrible que celui-ci ne surprend pas, heureusement, mais mon père devient blanc comme un linge.

— Jean, me dit-il tout bas, quand nous aurons installé l'Allemand dans sa chambre, tu vas aller à la cuisine, tu prendras tous les couteaux pointus et tu les donneras à ta sœur pour qu'elle les enferme à clef dans le placard du vestibule... Ah! tu n'oublieras pas le tourne-broche.

Je descends à la cuisine et je commence à ramasser les couteaux. Je ne suis pas assez grand pour attraper le tourne-broche.

— Catherine, voulez-vous me décrocher le tourne-broche?

— Pourquoi faire, monsieur Jean?

— Pour l'emporter.

— L'emporter où?

— Eh! parbleu! l'emporter, l'enfermer.....

— Est-ce que vous êtes fou, monsieur Jean?

— Ah! oui, on est fou, n'est-ce pas? parce qu'on ne veut pas vous laisser de couteaux pointus sous la main? parce qu'on veut vous empêcher de tuer les Prussiens? nous le savons bien, allez! que vous voulez en tuer un. Mais nous vous en empêcherons.

Catherine me regarde avec pitié. Elle lève les épaules et me prend par le bras.

— Vous n'empêcherez rien du tout. Je ferai ce qui me plaira. Est-ce que je risque autre chose que ma peau, par hasard? hein? Qu'est-ce qu'ils me racontaient donc, vos parents, vos M. Legros, vos Mme Arnal, l'autre jour?

Hein ? La vengeance, le patriotisme ! Hein?
savez-vous que j'ai du sang dans les veines,
hein? est-ce que vous-croyez que je peux me
retenir, Hein ? quand je vois ces brigands de
Prussiens ?

Elle me secoue comme un prunier, me
poussant devant elle à chaque interrogation.
Elle a fini par me coller à la porte vitrée dont
je vais casser les carreaux avec mes épaules.
Mais tout d'un coup, la porte s'ouvre, je
manque de tomber et mon père paraît derrière
moi. Il est tout vert de rage.

— Catherine !... j'ai entendu ce que vous
venez de dire à cet enfant... C'est moi qui
l'avais envoyé chercher les couteaux... pour
vous empêcher de commettre un crime, malheureuse !... Avez-vous songé aux consé-
quences de vos actions? Savez-vous qu'on
nous fusillerait tous, tous, jusqu'au dernier?...
Ah ! vous ne pouvez pas vous retenir?.....
Vous ne pouvez pas ! Je peux bien, moi !...
Eh bien ! vous allez monter dans votre chambre, tout de suite !... Je vais vous y enfermer
à clef... jusqu'à ce que j'aie pris une détermination...

Catherine monte l'escalier quatre à quatre,

furieuse, pleurant, suivie par mon père, et
j'entends la clef qui grince dans la serrure.

Nous achevons la journée dans les transes.
La belle-sœur du charcutier a consenti à remplacer Catherine pendant quelques jours. C'est
elle qui nous a fait à dîner et qui a fabriqué,
pour les deux soldats allemands, un énorme
plat de ratatouille au lard et aux pommes de
terre. Le sous-officier porte-épée dîne avec
nous. Il a l'air bien élevé, se montre très
galant vis-à-vis de ma sœur et engage avec
mon grand-père une longue conversation sur
la langue française que, d'ailleurs, il parle
assez bien. Il se fait expliquer quelques ex-
pressions, certains idiotismes. Le père Toussaint lui donne les renseignements les plus
étendus, saupoudrant ses phrases onctueuses
de comparaisons et d'épithètes qui doivent
flatter le vainqueur. Il dit :

— Votre belle Allemagne... cette campagne
si glorieuse pour vos armes... votre gracieux
souverain... une guerre aussi vivement menée... Bismarck, ce Richelieu... les effets fou-
droyants de vos canons Krüpp...

Le Prussien est enchanté. Après dîner il se

met au piano et joue deux ou trois valses allemandes. Avant de se retirer dans sa chambre,
il nous souhaite très poliment une bonne nuit.

— Un charmant garçon, dit mon père.

— Excellent musicien, dit ma sœur. N'est-
ce pas Jean ?

— Oh ! oui... c'est dommage qu'il soit
Prussien.

— Ce n'est pas de sa faute, conclut philosophiquement mon grand-père. Les Allemands
ne sont pas si féroces qu'on veut bien le dire, au
bout du compte... Mais c'est cette damnée
Catherine qui m'inquiète.

Mon père aussi semble très inquiet. Je suis
sûr qu'il ne ferme pas l'œil de la nuit. Et, le
lendemain matin, son inquiétude se change en
trouble profond lorsqu'il voit le sous-officier
se diriger vers le jardin.

— Vous avez de belles fleurs. Cela vous déran-
gerait-il de m'apprendre les noms que j'ignore ?

— Mais non, au contraire... avec plaisir...

Mon grand-père et moi nous suivons mon
père qui accompagne l'Allemand.

— Quel est le nom de cette fleur rouge ?

— Un géranium.

— Et celle-là ?

— Un œillet d'inde.

— Et celles-là, là-bas? Oh ! mais, je ne connais pas le nom de toutes ces fleurs.

Et le Prussien s'avance vers une plate-bande qui longe la maison, au grand désespoir de mon père qui lève les bras au ciel et fait à mon grand-père des signes désespérés. Qu'y a-t-il ?

Subitement, je comprends : cette plate-bande se trouve juste au-dessous de la fenêtre de Catherine et là-haut, contre la vitre, on aperçoit l'immobile silhouette de la bonne.

— Pourvu qu'elle ne le voie pas ! me souffle le père Toussaint qui frémit. Et ton père qui a oublié d'enlever les pots de fleurs qui se trouvent sur la fenêtre ! Quelle imprudence ! S'il prenait envie à cette fille d'en faire tomber un ! Ah ! j'aurais prévu ça, moi ! je lui aurais enlevé jusqu'à son pot de chambre et j'aurais cadenassé la croisée. Jean, surveille-la bien, cette croisée.

— Oui, grand-papa.

— Je vais essayer d'engager le Prussien à rentrer.

Mais celui-ci, penché sur la plate-bande,

s'abîme dans la contemplation d'une touffe de rosiers.

— Quel est le nom de ces rosiers ?

— Des rosiers du Bengale... Mais, monsieur, je crois... l'air du matin est un peu frais...

— Non, non. Très beau, ce matin. Cette fleur se nomme ?

— Un glaïeul... mais, permettez. Il me semble avoir oublié de vous offrir la goutte, et si vous...

— Merci beaucoup. J'ai pris du café et cela me suffit.

Le Prussien ne s'en ira pas et, là-haut, la terrible silhouette guette toujours. Mon père se tord les mains...

Un coup de sonnette nous fait tressaillir. Je me dirige vers la porte, mais mon grand-père m'arrête. Il a une inspiration. Il s'approche de l'Allemand, le chapeau à la main.

— Qu'y a-t-il monsieur ?

— Monsieur, la personne qui vient de sonner est, je le présume du moins, une dame que nous attendons. Comme elle est excessivement nerveuse, je craindrais, si elle apercevait votre uniforme en pénétrant ici... je craindrais... une crise, peut-être... Les sentiments

chevaleresques de votre nation me sont trop
connus...

— Oh ! je rentre, alors ; je rentre immédiatement, fait le Prussien en frisant sa moustache.

Mon père et mon grand-père l'escortent
pendant que je vais ouvrir.

Ce n'est pas une dame qui a sonné, c'est
une femme. C'est Germaine.

— Monsieur est ici ?

— Oui, Germaine.

— Je veux lui parler tout de suite.

— Vous savez qu'il y a des Prussiens ici ?

— Qu'est-ce que ça me fait ! Je ne vois que
ça et des chiens, depuis bientôt huit jours.

Germaine expose à mon grand-père l'objet
de sa visite. Il paraît que les Allemands qui se
sont installés à Moussy ont déclaré que toute
maison inhabitée appartient aux soldats et
qu'ils considèrent comme telle toute habitation
où ne résident que des domestiques.

— Et ils les arrangent bien, vous savez, les
maisons inhabitées. On dirait qu'ils ne rêvent
que plaies et bosses, ces animaux-là.

— Ont-ils commis des dégâts à la maison ?
demande mon grand-père anxieux.

— Non ; mais, depuis hier, nous en avons
cinq à loger. Et ils mangent, vous savez !
L'argent file d'une drôle de façon. Il faudra
même que monsieur m'en donne, si monsieur
ne revient pas avec moi... Mais monsieur
ferait mieux de revenir.

— Et au Pavillon ? demande ma sœur.

— Oh ! au Pavillon, ils sont toute une tripo-
tée : quinze ou vingt, au moins ; c'est là que
demeure le commandant.

— Ah ! mon Dieu s'écrie Louise. Cette pauvre tante Moreau ! Comme elle doit avoir peur !

— Après ça, dit Germaine, ils ne sont pas trop
méchants. Il faut dire aussi que le maire Dubois
les contient beaucoup. Tout le monde dans la
commune trouve qu'il se conduit très bien.

— Une canaille comme ça ! murmure mon
grand-père. Ah ! il a ses raisons, bien sûr, pour
faire le bon apôtre ! Un Dubois ! en voilà un
qui est fait pour pêcher en eau trouble comme
les chiens pour mordre !

— Enfin, dit Germaine impatientée, je voudrais bien avoir une réponse de monsieur. Faut-
il que je m'en retourne toute seule? Moi, je me
lave les mains de ce qui arrivera.

Mon grand-père réfléchit, le menton dans

ses mains. Sa bonne le fixe de ses yeux noirs.
Enfin, il prend une détermination ; il se lève.

— Ma foi, tant pis ! je retourne chez moi.

Nous essayons de combattre sa résolution ;
mais le vieux est complètement décidé. Il
nous fait ses adieux, très ému.

— Je reviendrai vous voir un de ces jours,
le plus tôt possible.

Avant de partir, pourtant, il engage mon père
à se débarrasser de Catherine.

— Le plus tôt sera le mieux, voyez-vous.
Renvoyez-la dans son pays. Vous obtiendrez
bien un sauf-conduit, que diable ! avec quelques
protections. Si vous gardez cette fille-là ici, il
vous arrivera malheur, je vous en réponds...

— Vous avez raison, dit mon père. Je vais
m'occuper de cela.

Il s'en occupe, en effet. Il sort pendant l'après-
midi et revient vers quatre heures, avec un monsieur que je heurte dans le vestibule et qui me
salue en souriant. Je le reconnais : c'est le monsieur qui assistait à l'entrée des troupes, à côté
de moi, boulevard du Roi, et qui m'a appris
qu'elles formaient le 5ᵉ corps prussien.

Il a une vilaine figure, ce monsieur : des

petits yeux gris de fer qui se cachent derrière
des lunettes d'or, une bouche édentée où sau-
tille un bout de langue violâtre, et un nez
énorme, cassé en deux, en forme de potence,
et picoté comme un dé à coudre.

Ce nez m'avait déjà stupéfait, chaque fois que
j'avais rencontré le monsieur aux lunettes d'or;
mais je croyais à un accident; je supposais que
le monsieur avait fourré son appendice nasal
dans un nid de guêpes. Je me trompais. Ce
nez est extraordinaire, mais il est naturel. Il
y a de drôles de choses dans la nature.

— C'est un nez d'Israélite, me dit mon
père, le soir. M. Zabulon Hoffner est israélite.

— Ah! c'est un Juif!

— Un Israélite! Il ne faut jamais dire : Juif.
C'est très impoli.

— Ah!... Il a un nom allemand.

— C'est possible, fait mon père, mais il n'est
pas Allemand. Il est Luxembourgeois. Ce
n'est pas la même chose. Du reste, il s'est
montré fort complaisant. Je le connaissais très
peu, et il s'est chargé de me procurer un
sauf-conduit pour Catherine. Il a certaines
relations dans les bureaux... il sait parler l'allemand.... Enfin, je suis enchanté d'avoir fait

sa connaissance... C'est la complaisance et la loyauté mêmes...

Alors, il trompe son monde. Il a l'air franc comme dix-neuf sous.

XIII

Catherine est partie. C'est moi qui l'ai aidée à faire sa malle et à y emballer les photographies du pauvre cuirassier qu'elle ne reverra plus. Elle est partie sans colère, en disant même qu'*elle comprenait ça*, en nous souhaitant toutes sortes de prospérités. Et ce n'est qu'une fois dans la rue qu'elle a laissé échapper ses sanglots qu'elle avait contenus jusquelà. Je l'ai suivie des yeux, de ma fenêtre, aussi longtemps que j'ai pu la voir; elle s'en allait tristement, trébuchant à chaque pas, les yeux voilés par les larmes, à côté de l'homme qui traînait sa malle dans une brouette; des hoquets douloureux faisaient remonter ses épaules et elle était obligée de s'arrêter pour sortir son mouchoir à carreaux bleus de la poche de sa robe noire.

J'ai pleuré comme un veau.

Pauvre fille! J'ai méprisé son ignorance,

j'ai fait fi de son affection, je lui ai fait bien
des méchancetés. Et, maintenant qu'elle n'est
plus là, il me semble qu'un grand vide s'est
fait en moi, qu'on m'a arraché quelque chose,
que j'ai perdu quelqu'un qui m'aimait bien.
Je suis triste comme tout.

J'ai des distractions, heureusement. Il m'est
permis, maintenant, de sortir en ville. J'use et
j'abuse de la permission. Je suis toujours
dehors. Il y a tant de choses à voir !

Je connais tous les uniformes de l'armée
allemande, infanterie, artillerie et cavalerie.
Ils ne valent pas les uniformes français. Les
Bavarois seuls ne représentent pas trop mal,
avec leurs grands casques qui ressemblent à
ceux des carabiniers ; malheureusement, ils
sont sales, sales comme des cochons. Ils se
mouchent avec le mouchoir du père Adam et
essuient leurs doigts sur leurs pantalons et
leurs tuniques. Moi aussi, quand j'étais petit,
je me fourrais les doigts dans le nez, mais je
les suçais après, au moins ; et puis, les Bavarois sont grands. Ils devraient être propres.

Les Prussiens sont bien moins dégoûtants,
mais leurs casques à pointes les rendent ridi-
cules. Quand ils sont en petite tenue, avec

11.

leur calotte sans visière, ils ne sont pas trop
vilains. Les shakos de la landwehr sont à peu
près pareils à ceux ne nos gardes nationaux,
mais ils sont beaucoup plus grands : une poule
pondrait dedans pendant six mois sans les
remplir. Les pantalons des cavaliers m'é-
tonnent : ils sont basanés très haut, beaucoup
plus en cuir qu'en drap. En somme, la tenue
est trop sombre, pas élégante pour un sou ;
pas de dorures, pas d'aiguillettes, d'épaulettes, de clinquant, de panaches.

Les officiers eux-mêmes sont vêtus très
simplement ; ils sont coiffés d'une casquette
plate à visière et portent presque tous au bras
droit un brassard d'ambulance. Ils ont une
vilaine habitude : c'est de ne jamais accrocher leurs sabres et de les laisser traîner derrière eux sur les pavés, avec un grand bruit
de ferblanterie. Les aveugles doivent se figurer qu'on a attaché des casseroles à la queue
de tous les chiens de la ville.

J'ai vu les fameux fusils à aiguilles, les canons Krupp, les singulières voitures à échelles ;
j'ai été voir l'abattoir qu'on a installé à la
gare, les postes de police qu'on a installés un
peu partout, les canons pris sur les Français,

rangés dans la grande cour du Château, autour de la statue de Louis XIV. J'ai regardé,
l'autre jour, de la place d'Armes, un général,
qu'on dit être le prince royal, distribuer des
médailles aux soldats au pied de cette statue.
Le château est converti en ambulance — une
ambulance hollandaise — et le drapeau néer-
landais flotte sur le toit. Des drapeaux, du
reste, il y en a dans presque toutes les rues :
aux fenêtres des étrangers qui se mettent sous
la protection de leurs pavillons nationaux, aux
croisées des gens qui ont obtenu de soigner
chez eux des blessés et qui ont arboré le pavillon de la convention de Genève.

Mme Arnal est de ces derniers. On a placé
chez elle un capitaine allemand blessé, un
grand gaillard à belle barbe blonde. Elle le
soigne avec un dévouement sans exemple.
Elle espère qu'avant quinze jours le blessé
sera sur pied. Elle est très fière des compliments que lui fait tous les jours, assure-t-elle,
le chirurgien allemand, et elle déclare que, si
elle avait suivi sa vocation, elle se serait faite
sœur de charité. Elle en prend l'allure, d'ailleurs, se montre pleine de ménagements, de

commisérations, d'attendrissements. Elle a
des apitoïements tout faits, des consolations
sur mesure, des larmes à prix fixe. Son temps
est mesuré, en effet. Elle ne peut guère s'ab-
senter. Son blessé a toujours besoin d'elle.
Supposez qu'il lui prenne envie, à ce monsieur,
de faire ceci, de faire cela — des choses dé-
fendues par le médecin.

— Il faut être là, voyez-vous... Les malades,
c'est un peu comme les enfants...

Et elle ajoute, tout bas :

— Je n'ai qu'une peur, mais une peur terrible : c'est de finir par porter trop d'intérêt à
mon blessé. A force de voir souffrir les gens, on
s'y attache; on ne les considère plus comme des
ennemis... Ah! savoir concilier ses obligations
d'infirmière avec ses devoirs de Française!...
C'est à faire tourner la tête!... l'humanité!...
la patrie!... Je me sauve. A tout à l'heure...

M. Zabulon Hoffner, qui vient nous voir
assez souvent, maintenant, se contente d'af-
firmer que la guerre, c'est bien gênant.

— Les routes sont toutes défoncées; on ne
peut même pas aller à Buc sans se crotter
jusqu'aux genoux.

M. Legros prétend ne pas se faire de bile.

— A quoi ça servirait-il? Ce qui doit arriver, arrive. Moi, je suis fataliste.

Depuis l'arrivée des Prussiens, pourtant, il paraît avoir engraissé. Ma sœur, justement étonnée de cet embonpoint subit, a été malicieusement aux informations et la marchande de tabac, trop confiante, a livré naïvement le secret de la corpulence exagérée de son époux : M. Legros se plastronne — plastron par devant, plastron par derrière. — On assure même qu'il ne tourne pas le coin d'une rue, à partir de cinq heures du soir, sans crier : « Ami ! Ami ! » à tue-tête.

Qu'y a-t-il de vrai là dedans?

— Tout! dit M. Beaudrain; et M. Legros a raison. Vous ne devriez pas vous moquer de lui. Aucune précaution n'est inutile. Eh ! eh ! si Achille avait été trempé tout entier dans les ondes du Styx, la flèche troyenne n'eût point causé sa mort...

Et patati, et patata. M. Beaudrain se meurt de frayeur. Il est positivement malade de peur; il a dû renoncer, depuis quelque temps déjà, à me donner des leçons. Il passait le temps des répétitions à se murmurer à lui-même :

— Pourvu que les Prussiens ne fassent pas
ci, pourvu qu'ils ne fassent pas ça....

Il inventait des choses inimaginables. Un
jour, il était arrivé à se figurer que Versailles
allait sauter.

— Les égouts sont minés ! disait-il. J'en suis
sûr. Notre dernière heure est venue.

Ce jour-là, il a changé de ton — de ton,
seulement, car il ne peut plus changer de couleur : il est jaune. — Il parcourt toute la
gamme des jaunes : il a été jaune citrouille,
jaune coing blet, jaune panade, jaune citron.
Présentement, il est d'une nuance mal déter-
minée, nuance d'omelette — d'omelette ba-
veuse. — Je l'attends au jaune safran.

— Et dire, s'écrie mon père, un matin que
presque tous nos amis sont réunis dans le
jardin pour prendre l'apéritif, dire qu'il y a
des gens qui pactisent avec l'ennemi. Ainsi,
pas plus tard qu'hier... Va donc un peu jouer,
Jean...

Je m'en vais, mais pas trop loin. J'entends
très bien.

— Hier soir, j'avais été faire un tour du
côté de la porte de Béthune. Savez-vous qui je

vois sortir du poste que les Allemands ont établi là ?

— Eh! qui donc? mon Dieu! demande le père Merlin intrigué.

— Une femme! une Française, monsieur!

— Oh ! fait ma sœur.

— Si l'on peut appeler ça une Française. Cette gueuse, vous savez bien, cette rouleuse qu'on appelle — je ne sais pas pourquoi — Marie-Cul-de-Bouteille, cette paillasse à soldats qui passait sa vie dans les postes, lorsque nos troupes étaient ici, et que nos troupiers nourrissaient de leurs restes de gamelles.

— En échange de ses bons services, ricane le père Merlin. Vous voyez bien que c'est une Française.

— C'était, monsieur, c'était ; elle a abdiqué ce titre. Quoi! faire à ce point litière de ses sentiments, se livrer à l'ennemi de sa patrie ! Ah ! ça été plus fort que moi ; malgré le dégoût que m'inspire cette créature, je me suis approché d'elle et je lui ai dit ce que je pensais de sa conduite. Savez-vous ce qu'elle m'a répondu? Elle m'a répondu que le rata des Prussiens valait bien celui des Français. Alors, ma foi, je n'ai plus pu me contenir et je l'ai traitée comme elle le mérite...

— Ah! monsieur Barbier, s'écrie M. Beaudrain, quelle imprudence! Si les Prussiens vous avaient entendu! Ne recommencez pas, c'est moi qui vous en conjure!

— Ne pas recommencer! dit Mme Arnal indignée. Laisser passer sans protester de pareilles ignominies! Des choses semblables! Des... des monstruosités... Dans quel siècle vivons-nous?...

— C'est infâme! dit ma sœur.

— Il faut croire aussi, dit Mme Arnal, qu'il n'y avait aucun officier dans le poste. Y avait-il un officier, dans le poste?

— Je n'en ai point vu, répond mon père.

— C'est ça. Les officiers sont des gens bien élevés qui ne laisseraient pas s'accomplir ces ignominies; du reste, la discipline doit s'opposer à... l'entrée de ces créatures dans les postes... Mon blessé me le disait hier... La discipline est de fer, à ce sujet-là...

— En effet, dit M. Beaudrain, la discipline de l'armée prussienne est admirable.

— Admirable. C'est le mot, dit le père Merlin.

— La discipline, continue le professeur, est une bien belle chose. C'est elle qui protège l'habitant inoffensif contre les fureurs de la soldatesque.

— Et puis, sans discipline, pas d'armée, dit mon père. C'est à leur discipline que les Prussiens sont redevables de leurs victoires.

— A propos de discipline, dit le père Merlin, j'ai vu tout à l'heure, de ma fenêtre, un spectacle bien intéressant.

— Quoi donc? demandent en même temps ma sœur et Mme Arnal.

— J'étais... Mais on ne doit pas avoir encore baissé le rideau. Si, au lieu de vous raconter la pièce, je vous la faisais voir? Voulez-vous venir chez moi, un instant?

— Mais oui, mais oui. Dépêchons-nous. Jean, viens-tu?

Nous suivons le père Merlin jusque dans son cabinet de travail, au premier étage. La croisée, grande ouverte, donne sur un vaste terrain vague où les Allemands ont amoncelé du bois à brûler et du charbon. Cinq ou six soldats, d'habitude, gardent le dépôt. Que peut-il se passer là?

Nous nous précipitons à la fenêtre.

Un soldat prussien, dans la position du soldat sans armes, le petit doigt sur la couture
du pantalon, la tête droite, les talons joints,
est campé devant un tas de fagots, la face au
bois. Derrière lui, un officier — un lieutenant
je crois — se promène de long en large, lisant
un journal, fumant un cigare gros comme un
manche à balai. Chaque fois qu'il passe derrière le soldat, v'lan ! il lui envoie à toute volée
un coup de pied dans le bas des reins. On
entend très distinctement le bruit de la botte
qui, a intervalle réguliers, toutes les minutes
à peu près, se colle au postérieur du troupier.

A chaque coup, l'homme tressaute légèrement, très légèrement ; mais il ne bronche
pas. Ses talons ne quittent pas la place qu'ils
ont marquée dans le sol ; ses mains ne se
crispent pas, ses doigts restent allongés le long
du passepoil et il semble toujours regarder,
à l'ordonnance, à quinze pas devant lui.

— Quand je suis venu chez vous, Barbier,
dit le père Merlin, ça durait déjà depuis un
bon quart d'heure. Ça fait donc maintenant
cinquante minutes.

— Sapristi ! dit mon père, quelle obéissance !

quelle soumission ! cinquante coups de pieds au derrière !

Le père Merlin veut fermer la fenêtre.

— Oh ! attendons la fin, implore ma sœur, émerveillée.

Le père Merlin lui jette un regard étrange. Puis il pousse la croisée et tourne l'espagnolette.

— Vous trouvez donc ce spectacle bien intéressant, mademoiselle ?

— Oh ! c'est si amusant. Ce qui doit être bien drôle aussi, c'est la figure du soldat. Quel dommage qu'on ne puisse pas la voir !

— Eh ! eh ! si Frédéric II vivait encore ! dit M. Beaudrain. O grand homme ! s'écrie-t-il tragiquement, tu peux sortir de ton tombeau, tes enfants sont dignes de toi !

— Qu'est-ce qui vous prend ? demande le père Merlin avec intérêt. Êtes-vous malade, monsieur Beaudrain ?

— Non ; mais cette discipline, cette obéissance passive... c'est extraordinaire, vraiment.

— Le fait est que c'est beau, dit mon père. C'est le manque de discipline qui nous a perdus, nous autres.

— Espérons que ça nous servira de leçon,
dit Louise.

—Enfin, dit Mme Arnal, nous pouvons nous
tranquilliser un peu. L'armée allemande est
trop sévèrement commandée pour se livrer à
des désordres graves. Il y a beaucoup à espérer d'une discipline semblable.....

Nous descendons l'escalier.

— Ah ! la discipline, s'écrie mon père, c'est
beau. On dira ce qu'on voudra, c'est bien beau.
Je ne souhaite qu'une chose, c'est que les
Français en aient un jour une pareille.

— Ainsi soit-il ! dit le père Merlin.

XIV

Le père Toussaint vient d'arriver. Il est
dans tous ses états. Il entre en tremblant dans
la salle à manger, s'assied dans un coin et,
après avoir demandé à mon père si les Prussiens ne rôdent pas par là, si personne ne
peut l'entendre, il nous raconte une histoire
terrible.

— Tel que vous me voyez, je reviens de
chez le général en chef...

Et le vieux désigne d'un geste l'habit noir
dont il est revêtu, sa cravate blanche et le
chapeau haut-de-forme qu'il a posé sur la table.
Nous l'écoutons avec anxiété.

— Hier, à Moussy, on a tiré sur une patrouille allemande... Hier soir, vers huit
heures...

— Ah ! s'écrie ma sœur en joignant les
mains. Quel malheur !... Quelle catastrophe !...

— Un affreux malheur ! fait mon grand-père
en hochant la tête, car les Prussiens, n'ayant
pu mettre la main sur ceux qui ont fait le coup,
ont pris comme otages six habitants et le maire
de la commune.

— Ils vont les fusiller? demande Louise.
Oh ! mais c'est horrible ! On ne fusille pas les
prisonniers ! C'est du cannibalisme !

— Chut ! fait mon père en mettant un doigt
sur ses lèvres et en indiquant du regard la
porte qui ouvre sur le vestibule.

Et il demande tout bas, terrifié :

— Réellement, ils vont les fusiller?

— Quand je suis parti, ce matin, c'était une
chose convenue...

— Comme nous avons bien fait de renvoyer
Catherine, dit Louise ; qui sait ce qui nous
serait arrivé !

— Les Prussiens, continue mon grand-père,
avaient enchaîné ces malheureux et les avaient
enfermés dans l'église. Ils y ont passé la nuit,
gardés par des factionnaires qui menaçaient
de faire feu sur quiconque approchait et répon-
daient par des coups de crosse aux supplications des femmes et des enfants des prison-

niers. C'était affreux. Personne n'a dormi cette nuit, dans le village; on n'entendait que des gémissements et des sanglots...

Mon grand-père a des pleurs dans la voix et nous avons de la peine, nous aussi, à retenir nos larmes.

— Mais quel est le misérable qui avait tiré sur les Prussiens ? demande mon père.

— Qui ?... Est-ce qu'on sait ?... Des francs-tireurs; de ces sales voyous parisiens qui ne sont bons qu'à faire arriver du mal aux gens inoffensifs... Ah! les gredins !... Bref, pour finir, ce matin, une dizaine d'habitants sont venus me voir. Ils m'ont dit : « Monsieur Toussaint, il faut sauver les prisonniers. Il faut aller demander leur grâce au général, à Versailles; dire que ceux qui ont tiré sur les Allemands sont étrangers à la commune; que nous sommes incapables de nous livrer à des actes semblables; que même nous les empêcherions, si c'était en notre pouvoir; dire ceci, dire cela... la vérité, quoi !... Vous êtes au courant de bien des choses, vous connaissez les usages... — un tas de compliments — Voulez-vous y aller? » Comment dire : Non. Comment? Je vous le demande.

— Pas possible, dit mon père... Et vous avez été chez le général?

— J'en viens. Et j'ai là...

Le vieux tire du fond de sa poche une large enveloppe enveloppée elle-même dans une feuille de papier bleu.

— J'ai là une lettre de grâce.

— Tous les prisonniers sont graciés?

— Tous. Ils doivent être mis en liberté immédiatement... à l'exception du maire.

— Ah! le maire ne sera pas mis en liberté? Mais on ne le fusillera pas?

— Non, non; on se contentera de le garder à vue... C'est tout ce que j'ai pu obtenir...

— Ce pauvre Dubois! fait ma sœur.

— Ah! c'est bien malheureux, gémit mon grand-père... surtout pour moi. Nous n'étions pas bien ensemble, Dubois et moi, et il se trouvera encore de méchantes langues pour prétendre que je n'ai pas fait tout mon possible... Dieu m'est témoin, pourtant, que je me suis mis en quatre. J'ai pris le général par tous les bouts. Je me suis jeté à ses genoux en pleurant... J'aurais donné tout pour obtenir une grâce entière... Dans des moments pareils, on oublie tout, on ne se souvient plus des offenses;

on ne connaît plus d'ennemis... on ne connaît
que des Français...

Louise saute au cou du père Toussaint pendant que, très émus, mon père et moi, nous
serrons les mains ridées du vieillard.

— Ces bandits de francs-tireurs, dit le vieux
en parvenant à se dégager. Ah ! les canailles !
Ils pourront se vanter d'avoir fait plus de mal
que les Prussiens, ceux-là !... Tirer sur une
patrouille ; je vous demande si ça a le sens
commun ! Pour ne rien tuer, encore ! Et quand
même ils auraient tué un ou deux Allemands,
la belle poussée !... Mais je m'attarde ici et
l'on m'attend...

— Ah ! dit ma sœur, quel spectacle, lorsque tu annonceras à ces malheureux que la
liberté leur est rendue ! Je voudrais tant
t'accompagner !

— Quelle idée folle ! dit mon père. Ce n'est
pas la place d'une femme.

En effet. Mais moi, moi qui suis un garçon
si j'allais à Moussy ? Pourquoi pas ? Je hasarde
une proposition en ce sens — proposition
repoussée par mon père et acceptée par mon
grand-père. — Il y a débat, mais le vieux finit
par l'emporter. Ma sœur crève de jalousie.

— Il ne faudra pas garder Jean trop longtemps, dit-elle ; depuis quelques jours, il néglige ses leçons..... Il n'apprend rien, et il
oublie très vite...

— Je le ramènerai après-demain, dit le père
Toussaint en souriant.

Nous approchons de Moussy. Un paysan,
qui guette notre arrivée, nous aperçoit et court
prévenir les habitants. Ils accourent et pressent
mon grand-père de questions.

— Eh bien ? Eh bien ?

— J'ai réussi. J'ai la grâce, la grâce...

— Oh ! ah ! oh !

Nous traversons le village à grands pas.
Les femmes se penchent par les fenêtres et
les soldats allemands, dans les rues nous regar-
dent passer d'un air indifférent. Nous trouvons
le commandant sur la place ; mon grand-père
lui remet la lettre du général.

Il a l'air d'une brute, ce commandant —
d'une belle brute. Je le vois, de profil, pendant
qu'il lit la lettre. Il ressemble à un taureau.

— Je suis content que vous ayez réussi,
monsieur, dit-il à mon grand-père quand il a

fini, en excellent français. Content pour vous,
non pour moi. Je crois qu'un exemple était
nécessaire. Vous pouvez aller porter cette
bonne nouvelle aux prisonniers ; je vais donner des ordres pour qu'on les relâche immédiatement... à l'exception du nommé Dubois,
maire. Vous savez qu'il reste notre prisonnier?

Mon grand-père fait un signe de tête affirmatif.

Nous entrons dans l'église. Les otages, les
pieds et les mains liés, sont accroupis sur les
dalles ; devant eux sont placés une cruche d'eau
et des pains de munition. Un officier allemand,
assis à l'orgue, joue une valse.

Sur un ordre du commandant, des soldats
s'approchent des prisonniers et les délient.
Mon grand-père, pendant ce temps, s'avance
vers Dubois et lui parle à voix basse. Dubois
détourne la tête et ne répond pas.

Nous sortons ; et les habitants massés sur
la place, les malheureux délivrés, félicitent le
père Toussaint, lui serrent la main, le remer-
cient en pleurant. Des femmes l'embrassent.
On lui fait une ovation.

Mais les groupes se disloquent, les habitants

s'écartent. Le tambour vient de battre et les
soldats, rapidement, se rangent sur la place.

Ils vont faire une battue dans le bois,
dit un paysan. Gare aux francs-tireurs, s'ils
en trouvent.

— Ma foi, ça sera pain bénit, dit un autre,
si ces brigands de Parisiens se font arranger
comme il faut. Des canailles comme ça! Si les
Prussiens avaient besoin de quelqu'un pour
les aider, je leur donnerais bien volontiers un
coup de main.

Tout le monde l'approuve. Le commandant
se met à la tête des Allemands qui partent
dans la direction du bois.

Ils ne sont pas encore revenus, à quatre
heures du soir, lorsque je vais faire une visite à la
tante Moreau. Mais j'ai à peine mis les pieds
au Pavillon que des coups de feu éclatent au
loin, dans le bois.

— Ah! mon pauvre enfant, me dit ma tante
en pleurant, quelle chose affreuse que la
guerre!

Elle a l'air bien affaiblie, bien abattue, la
tante Moreau. La vue de sa figure amaigrie,
de ses mains décharnées, me produit un lugubre effet. Elle s'en aperçoit.

— A mon âge, vois-tu, ça frappe rudement des événements pareils...

Pourtant, assure-t-elle, les Allemands ne sont pas trop méchants. Le commandant lui-même, malgré ses allures brutales, ne manque point de politesse.

Justement, il vient de rentrer, avec ses hommes, et l'on entend ses bottes sonner sur les dalles de l'antichambre. Il entr'ouvre la porte du petit salon où nous nous trouvons et passe sa tête dans l'entre-bâillement.

— Ne vous inquiétez pas, madame, dit-il à la tante Moreau, à cause des coups de feu que vous avez pu entendre. Rien de sérieux absolument. Un bûcheron, dans la cabane duquel nous avons trouvé un vieux fusil, et que nous avons passé par les armes.

Il salue et se retire. Ma tante frissonne. Tout d'un coup, je la vois pâlir, ses yeux se ferment, sa tête se renverse sur le dossier de son fauteuil. Elle se trouve mal.

— Justine ! Justine !

La femme de chambre accourt avec la cuisinière et Germaine, qui vient me chercher, arrive presque au même moment. Les trois femmes prodiguent leurs soins à ma tante ;

12.

elle se trouve tellement faible, en revenant à
elle, qu'on se voit forcé de la porter dans sa
chambre. Elle est désolée de s'être évanouie.

— Pour une fois qne ce cher petit Jean vient
me voir... C'est cette histoire de bûcheron,
qui m'a bouleversée...

Elle tremble encore comme une feuille
lorsque je lui fais mes adieux.

En sortant, Germaine, qui m'accompagne,
me prie de l'attendre une seconde ; elle a deux
mots à dire au commandant, de la part de mon
grand-père. L'officier se promène en fumant
sa pipe sous les tilleuls ; et j'entends sa grosse
voix qui répond :

— Dites à votre maître que je ne sortirai
pas. Je l'attends ici.

De quoi peut-il être question ? Je vais le
demander à mon grand-père. Et, aussitôt arrivé, j'ai déjà tourné le bouton de la porte de
la salle à manger où le vieux se tient d'habitude, 'lorsque Germaine me retient par le
bras.

— Il ne faut pas déranger monsieur. Il
cause avec quelqu'un.

J'ai eu le temps de voir ce *quelqu'un*. C'est
un individu qui a l'air d'un paysan, mais qui

n'a pas l'air paysan. Son grand chapeau lui
va trop bien, sa blouse est trop vieille, sa
figure est trop blanche. Si c'était un officier de
francs-tireurs? Un espion français? Si mon
grand-père s'entendait avec lui? S'il lui donnait les renseignements nécessaires pour surprendre les Prussiens? Si?...

Je questionne Germaine. Elle semble très
étonnée de mon insistance.

— Cet homme-là? Mais, c'est un homme
qui avait été chez Dubois. Il voulait parler au
maire, à ce qu'il disait. Alors, comme le maire
est en prison, le garçon d'écurie de Dubois
est venu ici avec lui. Je ne sais pas ce qu'il
veut. Pas grand'chose sans doute, allez, monsieur Jean.

J'entends un bruit de portes qu'on referme.
C'est l'homme qui s'en va. Mon grand-père
arrive.

— Eh bien! comment va ta tante?

Je raconte ce qui s'est passé, l'affreuse nouvelle donnée par l'officier, l'évanouissement...

— Ah! sapristi, sapristi... Mais je veux
aller la voir, ta tante... Germaine, donnez-moi
mon manteau... Un évanouissement...

— Veux-tu que j'aille avec toi, grand-papa?

— Non, non. Ce n'est pas la peine. Je serai
revenu dans une demi-heure.

Vingt-cinq minutes après, il est là.

— Tu vois que je tiens parole. J'ai été vite,
hein ?

— Et ma tante va-t-elle mieux ?

— Ta tante... oui... c'est-à-dire... beaucoup mieux.

Nous nous mettons à table.

— Jean, me dit mon grand-père après dîner,
je ne devais te ramener chez ton père qu'après-
demain ; mais j'ai justement à faire à Versailles
demain matin. Je profiterai de l'occasion pour
t'emmener avec moi. Ça t'ennuie ?

— Mais oui, un peu.

— Bah ! tu rattraperas ça une autre fois.
Je dirai à ton père de te laisser revenir et tu
passeras plusieurs jours ici... et tu négligeras
tes leçons... Ça fera enrager Louise...

Je ris. Décidément, je m'étais trompé tout
à l'heure. L'homme qui était là, assis à ma
place, était bien un paysan. Mon grand-père
serait moins gai si l'on devait se battre à
Moussy ce soir, se tirer des coups de fusil
cette nuit. Pourtant, avant de me coucher,

j'examine la campagne par la fenêtre et, une
fois au lit, je tends l'oreille attentivement. Je
ne puis arriver à m'endormir.

Tout d'un coup, je sens une main se poser
sur mon épaule. Je me réveille en sursaut, en
criant. Germaine, qui se tient devant moi, sourit.

— Qu'avez-vous, monsieur Jean? Vous
rêviez?

Je regarde, effaré, autour de moi. Il fait
grand jour.

— Dépêchez-vous de vous habiller. Le chocolat est prêt et monsieur vous attend.

Une demi-heure après, nous partons. Nous
sommes au bout de la rue qui donne sur le
chemin de Versailles, lorsque la tête d'un peloton de Prussiens, baïonnette au fusil, apparaît sur la route. Mon grand-père m'empoigne
brutalement par le bras et me colle le long
d'un mur, derrière une haie. Je regarde entre
les branches. Les Allemands s'avancent à
grands pas ; au milieu d'eux marche un
homme, les mains attachées derrière le dos.
J'aperçois un grand chapeau neuf, un visage
pâle, une vieille blouse bleue... C'est l'homme
d'hier. Je le reconnais...

— Grand-papa, cet homme...

— Et! parbleu! cet homme, c'est un vagabond qu'une patrouille prussienne a ramassé
le long d'un fossé. Les Prussiens sont très
sévères... pour ça... pour les vagabonds... On
l'aura ramassé... Seulement, il vaut mieux ne
pas se laisser voir... dans ces affaires-là... ça
vaut mieux...

Mon grand-père ment, j'en suis sûr. Pourquoi ment-il? Où mène-t-on cet homme enchaîné? Pourquoi nous sommes-nous cachés?

Nous nous remettons en route et bientôt
nous atteignons l'entrée des bois qui s'éten-
dent jusqu'à Versailles. Mais, tout à coup, je
saisis à deux mains le bras de mon grand-père.

Là-bas, derrière le village, une décharge
terrible vient d'éclater.

— Grand-papa! grand-papa! as-tu entendu?...

Le vieux blêmit affreusement.

— Les Prussiens qui tirent... qui font des
exercices de tir... Le matin... c'est leur habitude... le matin......

Ses dents claquent.

XV

Mon père est depuis quelques jours d'une humeur massacrante. La guerre s'éternise, les Prussiens resserrent de plus en plus le cercle qui entoure Paris et le siège de la capitale, qui semble disposée à se bien défendre, peut traîner en longueur. Ça ne fait pas marcher les affaires, tout ça, au contraire.

Depuis le 15 septembre, le travail est interrompu au chantier et mon père se plaint du matin au soir d'être obligé de rester les bras croisés et de ne pas gagner un sou. Ma sœur essaye parfois de lui remonter le moral en lui parlant des recettes que doit effectuer le chantier de Paris. Il est vrai que nous n'en savons rien, que le gérant qui le dirige ne peut correspondre avec nous, mais il doit faire des affaires, que diable! Dans une ville assiégée, on a besoin de matériaux, de planches pour construire des baraques, d'une foule de choses

en bois — toujours en bois. — Mon père
continue à se désoler.

— Si au moins, dit-il, je pouvais avoir une
lettre du gérant! Est-ce bête, la guerre! Comme
ça gênerait les belligérants, hein? de laisser
passer les lettres? les lettres de commerce?...
Et puis, tu as beau dire, si les affaires mar-
chaient si bien à Paris, le gérant aurait trouvé
moyen de me le faire savoir...

— Mais, comment, papa?

— N'importe comment... Pas de nouvelles,
mauvaises nouvelles.

Mon père se monte. La colère le fait dérai-
sonner. C'est à qui, parmi nos amis et con-
naissances, entreprendra de le sermonner.
Mais M. Beaudrain et les époux Legros
échouent complètement dans leurs tentatives
et Mme Arnal n'obtient que de très minces ré-
sultats. Quant au père Merlin, il prétend
qu'un peuple qui a déclaré la guerre à un
autre peuple et qui n'a pas le dessus, doit
savoir accepter tous les sacrifices.

— Mais, nom d'une pipe! s'écrie mon père,
est-ce que c'est moi qui ai déclaré la guerre
aux Allemands? Est-ce que je suis le gouvernement, moi?

— Sans aucun doute. Vous êtes une des unités qui constituent le peuple souverain, vous avez droit de suffrage, vous pouvez choisir vos mandataires...

— Et si ces mandataires me trompent?

— Il faut les flanquer dehors.

— C'est commode à dire.

— Et à faire.

— Et s'ils déclarent la guerre sans mon assentiment?

— Alors, il ne faut pas crier : « A Berlin! » Il faut crier : « Vive la paix! »

— Je ne suis pas socialiste, moi.

— Tant pis pour vous.

— Tenez, laissez-moi tranquille, conclut mon père, furieux.

Et il ne dérage pas de toute la soirée — à moins que M. Zabulon Hoffner ne vienne nous faire une visite. — Il prend une influence de plus en plus grande sur l'esprit de mon père, ce Luxembourgeois. Ils ont souvent de longues conversations ensemble, des conversations à voix basse. Quelquefois, j'en saisis des bribes :

— Il n'y a pas qu'avec les Français qu'on puisse gagner de l'argent... Après tout, les hommes sont des hommes... Il y a peut-être

13

quelque chose à faire avec les Prussiens...
L'argent, c'est toujours de l'argent, et une
pièce de cent sous vaut partout cinq francs...

Parfois, mon père a l'air de pousser vivement M. Hoffner, de lui poser des questions
embarrassantes, et l'autre semble se dérober;
il lâche des phrases vagues, en faisant de
grands gestes, comme pour protester de sa
franchise. J'ai remarqué que le nom du préfet
prussien, M. de Brauchitsh, revient souvent
dans ces conversations.

Car, maintenant, le département de Seine-
et-Oise est organisé à la prussienne. Nous
avons un préfet prussien, des fonctionnaires
prussiens; certains employés français ont conservé leurs fonctions, d'autres ont été rempla-
cés. Il y a une administration prussienne au
lieu d'une administration française, mais du
moment que l'administration ne nous manque
pas, c'est le principal. Des affiches nous ont
annoncé « le maintien de toutes les lois françaises, *en tant que l'état de guerre n'en récla-
mait pas la suppression* ». Des instructions ont
paru qui réorganisent l'administration dépar-
tementale sur la base du canton : le maire
du chef-lieu de canton, investi de tous les

pouvoirs, est chargé des communications avec
l'autorité centrale, du service de la poste, de
la perception des contributions, etc. Les relations des Allemands avec les habitants ont
été régularisées et les maires ont été invités
à verser, tous les mois, à la caisse de la préfecture, un douzième de l'impôt foncier fixé
pour l'année 1870.

On voit tout de suite que le préfet prussien
connaît son affaire. Pourtant, il ne paye pas
de mine. Je l'ai vu plusieurs fois : il ressemble
à Don Quichotte — un Don Quichotte qui
aurait une barbe en forme de cerf-volant, couleur de jus de réglisse.

J'ai vu aussi le prince royal de Saxe et le
prince royal de Prusse — notre Fritz. — On
ne dirait jamais un prince royal; il se promène
dans les rues, à p..., sans escorte, habillé
très simplement; il a l'air d'un excellent
homme. J'ai vu Moltke, aussi. C'est un vieillard aux yeux terribles : des yeux d'une énergie froide et sinistre, brillants et durs comme
l'acier, qui éclatent dans la pâleur de son
masque austère. Bismarck se promène seul,
souvent, monté sur un grand cheval, dans les
allées du parc; et c'est un spectacle étrange,

mais empoignant, que celui de ce colosse à
la face hargneuse et tourmentée, chevauchant
tranquillement sur les gazons des tapis verts,
vêtu d'habits civils, mais coiffé d'une large
casquette blanche à lisérés jaunes — la casquette des cuirassiers blancs.

Le 5 octobre, j'ai assisté à l'entrée du roi
de Prusse. Au moment où sa calèche allait
pénétrer dans la cour de la préfecture, où il
doit habiter, il s'est levé tout droit dans la
voiture et a salué la foule qui l'acclamait. Les
soldats allemands ont poussé des hurrahs et
des Versaillais, massés en grand nombre sous
les arbres de l'avenue de Paris, ont crié :
« Vive le Roi! » Parmi les manifestants, j'ai
reconnu M. Zabulon Hoffner.

En rentrant, j'ai raconté la chose à mon père.

— Eh bien? Et puis, après? Tu n'es qu'une
petite bête. M. Hoffner sait ce qu'il fait. Crois-
tu pas qu'il eût été bien habile d'aller crier :
« A bas Guillaume! » C'est déjà très beau de
la part d'un étranger comme lui, d'un Luxembourgeois, de servir nos intérêts comme il l'a
fait jusqu'ici. Il nous a rendu déjà bien des
services et donné bien des renseignements.

Des renseignements, oui, il nous en donne. C'est lui qui vient de nous apprendre que l'ancien maire de Moussy-en-Josas, Dubois, a été interné en Allemagne et que mon grand-père Toussaint a été nommé maire à sa place.

— Ah! vraiment, fait Louise, voilà pourquoi nous n'avons pas vu grand-papa, depuis quelque temps,

— Le fait est, dit M. Hoffner, que les maires sont très occupés. Rien que la collection des impôts et des réquisitions en argent leur prend beaucoup de temps. Il est vrai qu'ils sont indemnisés largement.

— Comment cela? demande mon père.

— Mon Dieu, M. de Brauchitsh a décidé de passer aux maires, pour les dédommager de leurs peines, une remise de 1 p. 100 sur la somme imposée au canton, et de 3 p. 100 sur la cote de la commune.

— Ah! diable! Ah! diable! fait mon père; mais c'est un métier très lucratif, que celui de maire prussien.

M. Zabulon Hoffner sourit. Il sourit comme ça chaque fois qu'il vient de nous donner une nouvelle qui a produit quelque effet. Depuis quelques jours, il nous en donne beaucoup.

Il paraît que les Allemands sont bien loin
d'être tranquilles. Des événemens graves sont
imminents. Il se pourrait bien que, d'un moment à l'autre...

— Où? Quand? Comment? demandent ma
sœur et Mⁿᵉ Arnal, intriguées.

M. Hoffner se fait tirer l'oreille, mais, peu à
peu, se laisse arracher des détails.

Les Prussiens redoutent un mouvement de
l'armée de Metz. Ils savent bien — et nous
devons nous en douter aussi, si peu perspi-
caces que nous soyons — que le maréchal
Bazaine n'est pas resté pour rien sous cette
place forte. Il attendait le moment d'agir.

— Et ce moment est venu? implore Louise.
Oh! dites-nous tout, monsieur Zabulon.

— Chut! dit le Luxembourgeois en mettant
un doigt sur ses lèvres. Je ne sais encore rien,
— rien de précis, tout au moins. — Mais, un
de ces jours...

Ce jour est venu. M. Hoffner, après avoir
fait fermer toutes les portes à clef, a tiré de dessous son gilet une feuille de papier de soie
couverte de caractères microscopiques. C'est
une dépêche apportée de Metz par un ballon.

— Un ballon ! s'écrie Mme Arnal. Il est arrivé à Versailles? Il est?...

M. Hoffner, très digne, l'interrompt.

— Madame, je vous en prie, ne m'interrogez pas. J'ai juré de garder le secret. La moindre indiscrétion...

— Oh! alors, taisons-nous, fait ma sœur en roulant les yeux,

Le Luxembougeois lit la dépêche. Elle est courte, mais expressive :

« Grande sortie de nuit a eu lieu. Maréchal Bazaine avait fait entortiller les pieds des chevaux dans linge et flanelle et rouler paille autour des roues des pièces et caissons. Prussiens complètement surpris dans leur sommeil et mis complètement en déroute. En avons fait un carnage affreux. Pris cent cinquante canons, dix drapeaux. Allemands sont dans situation la plus critique, toutes leurs communications coupées. Le maréchal, laissant seulement à Metz le nombre d'hommes nécessaires à la garde des remparts, va les poursuivre l'épée dans les reins. Avons vivres et munitions, mais manquons linge, bandes et charpie. Vive la France ! »

— Enfin ! s'écrie ma sœur ! enfin !...

— Ils manquent de linge et de charpie, dit Mme Arnal, songeuse. Si l'on pouvait...

— C'est possible, madame, répond M. Hoffner. Très possible. A l'heure qu'il est, cette dépêche est parvenue dans toutes les villes non occupées par les Allemands et je ne doute pas que les dons de toute nature n'affluent bientôt à Metz, car les routes vont être libres, si elles ne le sont pas déjà. Mais, puisque les petits ruisseaux font des grandes rivières, si un comité de Dames se formait ici, je serais — ou plutôt nous serions, car je ne suis pas seul — en mesure de faire parvenir au maréchal les objets destinés à son armée.

— Mais comment?... demande Mme Arnal.

— Madame, je vous en supplie, ne m'interrogez pas.

Le comité est formé. Ma sœur travaille du matin au soir, comme une mercenaire. Une quantité de dames l'imitent. Mme Arnal en néglige son capitaine blessé qui commençait à se lever, pourtant.

— Enfin, que voulez-vous? dit-elle avec un soupir. Le devoir avant tout... Le devoir patriotique, bien entendu.. Il y a tant de devoirs...

— Qu'on s'y perd? n'est-ce pas, demande en
souriant le père Merlin qui est venu nous voir
et qui a paru tout étonné de trouver le salon
transformé en atelier de couture. Mais serait-
il indiscret de vous demander, mesdames, pour
qui toute cette lingerie?

Ma sœur lui fait des réponses vagues. Elle
se défie de lui. C'est un mauvais patriote.

Moi, je me défie plutôt de M. Zabulon Hoffner. Il ne me revient pas. Et puis, il a prétendu
l'autre jour que je pourrais bien travailler aussi,
que ça m'amuserait. Depuis ce temps là,
on me fait faire de la charpie et ça m'embête.

Tous les soirs on porte avec mille précautions
de gros paquets chez le Luxembourgeois. Et, le
lendemain, il arrive, souriant malignement, se
frottant les mains, comme s'il était enchanté
d'avoir joué un bon tour aux Prussiens.

— C'est parti ! dit-il.

— Où ?

13.

XVI

M. Zabulon Hoffner est venu parler à mon père
de deux de ses amis qui habitent Saint-Cloud
et qui sont forcés d'abandonner la ville, exposée
au feu des forts. La plupart des habitants de
Saint-Cloud ont déjà, depuis le 5 octobre, quitté
leurs demeures, mais MM. Hermann et Müller—
les amis en question — ne se sont décidés à
partir qu'à la dernière extrémité. On leur a
offert un refuge au grand séminaire de Versailles, mais ils ne savent où mettre leurs
meubles qu'ils ont tenu à emporter avec eux.
Si M. Barbier était assez complaisant pour vouloir bien leur prêter un des hangars qui ne
lui servent pas...

— Mais comment donc! a dit mon père. Certainement!

— D'ailleurs, a affirmé M. Hoffner vous
ne vous repentirez pas de leur avoir rendu

service. Ce sont de fort honnêtes gens et, qui plus est, d'excellents patriotes. Je m'en porte garant. Du reste ce sont des Alsaciens : c'est tout dire.

— Alsaciens ! a crié Louise. Des Alsaciens ! Ah ! qu'ils viennent ! qu'ils apportent tout ce qu'ils voudront ! N'est-ce pas, papa?

— Mais oui, mais oui. Monsieur Hoffner, vous pouvez dire à vos amis que le hangar est à leur disposition. Ils peuvent venir.

Ils viennent : M. Hermann, long et mince comme un pain jocko, sec comme un coup de trique, et M. Müller court et gros — loin du ciel et près de l'obésité. — Ils amènent avec eux quatre grandes voitures chargées de meubles. Après avoir fait force compliments, après avoir remercié mon père pendant un bon quart d'heure, ils ont fait procéder au déchargement. On a empilé le contenu des voitures sous le hangar, qui s'est trouvé à moitié plein.

— Il reste encore de la place, vous voyez, dit mon père, qui assiste à l'opération, avec moi.

— Heureusement, répond M. Müller, car nous en aurons besoin.

— Auriez-vous autre chose à apporter ?
demande mon père étonné.

— Oui, des meubles. Encore autant, à peu
près ; peut-être un peu plus.

— Votre établissement était donc bien important?

— Extrêmement important.

— Mais M. Hoffner m'avait dit, je crois, que
vous étiez lampistes ?

— Oui, lampistes, déclare Müller.

Mais Hermann ajoute bien vite :

— Lampistes-tapissiers. Nous faisions le
commerce des meubles.

— C'est ça même, approuve Müller ; nous
vendions des meubles, comme ça, de temps à
autre... Et nous avons même en dépôt quelques
mobiliers que des amis nous ont confiés avant
leur départ. Nous tenons expressément à ne pas
les laisser à Saint-Cloud ; ils n'auraient qu'à être
volés ou détériorés... Du moment que nos amis
ont eu confiance en nous...

— Je comprends ça, dit mon père. Mais vous
n'avez pas apporté vos lampes.

— Ah! oui, nos lampes, fait M. Hermann
légèrement gêné. Eh bien ! nous avons réfléchi ;
nous les laissons à Saint-Cloud. C'est si fra-

gile! Et que voulez-vous que les Prussiens en
fassent? Ah! si c'était des pendules...

Il éclate de rire et nous l'imitons. Nous n'a-
vons justement pas d'Allemands à loger pour
le moment et nous invitons les deux associés à
dîner.

Ah! qu'ils n'aiment pas les Prussiens, les
lampistes-tapissiers! Nous sommes à peine au
rôti qu'ils ont déjà chargé Guillaume et Bismarck
de plus de crimes que n'en pourrait porter le bouc
émissaire. Ils nous ont prouvé, clair comme
le jour, que le feu avait été mis au Château de
Saint-Cloud par les troupes prussiennes. Ils ont
vu, de leurs yeux vu, des soldats activer les
flammes et mettre le palais à sac.

— Et encore, monsieur, s'ils se contentaient
de piller les monuments impériaux ou nationaux! Mais ils s'attaquent aux propriétés par-
ticulières; ils dévalisent les maisons. Il y a
huit jours, un colonel a fait expédier huit pia-
nos en Allemagne.

— C'est ignoble, dit ma sœur.

— Infâme! dit mon père.

— La race teutonne a été de toute antiquité
une race de voleurs, affirme Müller.

— Et quand on pense, ajoute Hermann,
que ces brigands rêvent de s'annexer notre
chère Alsace, notre Alsace si loyale, si honnête, si française !

— La province la plus française, dit Müller
la larme à l'œil.

Les Alsaciens ne nous quittent que très tard,
en s'excusant des dérangements qu'ils nous
causent, en nous remerciant infiniment.

Le lendemain, ils reviennent — en s'excusant
et en remerciant. — Cette fois-ci, ils n'ont
pas quatre voitures de meubles derrière eux.
Ils en ont cinq. Le hangar est plein jusqu'au
toit.

— Dieu feuille que nous ne vous emparras-
sions . pas longdemps ! soupire Hermann.
Gomment bourrons-nous chamais regonnaître
fotre gomblaisance ?

Et Müller, qui tient à hacher un peu de
paille, lui aussi, avant de nous quitter, ajoute
avec un gémissement :

— C'est pien tûr t'êdre opliché d'apantonner
ses bénades !

— Quels braves gens ! s'écrie ma sœur,
quand ils sont partis. Une détresse pareille,
ça fend le cœur.

Moi, c'est leur accent qui me fend les oreilles. On dirait, lorsqu'ils parlent, qu'ils se gargarisent avec de la ferraille, qu'ils roulent de vieux clous dans leur gosier. Et puis, ils me semblent un peu trop polis.

— La politesse ne gâte jamais rien, dit mon père. Vois donc, lorsque le général français Boyer est venu ici, il y a deux jours, si les Prussiens, qui pourtant sont des brutes, l'ont reçu impoliment !...

Ma foi, non. Les Prussiens ont été très honnêtes. Ils ont promené le général, plusieurs fois, de la préfecture où réside Guillaume jusqu'à la maison de la rue Clagny où demeure Bismarck, avec tous les égards dus à son rang. J'ai été faire le pied de grue, avec mon père, devant cette maison où flotte le drapeau tricolore de la Confédération germanique, pour apercevoir le général français.

Au bout d'une heure, il est sorti en calèche, accompagné de deux généraux prussiens. Des cuirassiers blancs escortaient la voiture. J'ai crié : « Vive la France ! »

Les Prussiens ne m'ont rien dit, mais mon père m'a flanqué une gifle.

— As-tu l'intention de nous faire fusiller,
galopin?

Qu'est venu faire à Versailles le général
Boyer? Voilà la question que chacun se pose
et à laquelle personne ne répond. M. Zabulon
Hoffner lui-même ne peut nous donner aucune explication. Tout ce qu'il sait, c'est que
le général arrive de Metz. Il sait aussi, mais
il le dit tout bas, que le maréchal Bazaine a
remporté de grandes victoires qui mettent
les armées allemandes dans une vilaine situation. Plusieurs armées françaises couvrent la
ligne de l'Eure et le général Trochu combine
un mouvement tournant de la dernière impor-
tance.

— Il se pourrait même, déclare M. Hoffner
— mais n'en parlez pas, je vous en prie —
que le roi de Prusse soit complètement cerné
à l'heure qu'il est et qu'il ne reste à Versailles
que parce que le chemin de l'Allemagne lui
est fermé. Ah! les Prussiens ne sont pas à la
noce!

Ma sœur, qui exerce une surveillance mi-
nitieuse sur les allées et venues des soldats
qui logent chez nous, qui épie leurs moindres
mouvements et les impressions de joie ou de

tristesse qui passent sur leurs visages, assure
qu'ils sont plongés dans le désespoir le plus
profond.

On ne le dirait guère. Ils ont des figures
larges comme des derrières de papes, grasses
comme des calottes de bedeaux et rouges
comme des pommes d'api.

L'autre jour, j'ai assisté avec M. Legros au
passage d'un cercueil allemand qu'on portait
au cimetière.

— Les Prussiens tombent comme des
mouches, m'a dit l'épicier ; du reste, on
s'aperçoit bien qu'ils sont tous malades.

Encore une maladie comme ça et on ne
leur verra plus les yeux.

On ne parle partout, dans la ville, que d'un
succès prochain, définitif. Mme Arnal a complètement abandonné son blessé qui se promène mélancoliquement, tout seul, en s'ap-
puyant sur une canne. Je l'ai rencontré : il a
l'air de s'amuser comme un curé sans casuel.
A la maison, tous les soirs, nous nous livrons
aux combinaisons stratégiques les plus extra-
vagantes. Le père Merlin qui nous a surpris,
deux ou trois fois, au milieu de nos calculs
fantastiques, s'est moqué de nous très ouver-

tement. Ma sœur est furieuse contre lui. Elle
prétend qu'il n'a jamais été Français et qu'il
pourrait très bien être vendu aux Prussiens.

— On a vu des choses plus drôles, dit
M. Zabulon Hoffner en branlant le menton.

Et Mme Arnal s'écrie :

— C'est un vieux rossignol à glands !

Parfois, lorsque nous n'avons pas d'Allemands à loger, Louise se met au piano et
attaque la *Marseillaise* en sourdine. M. Hoffner l'accompagne.

Il chante comme une serrure.

Mais, tout à coup, la nouvelle de la reddi-
tion de Metz se répand. Les Allemands affir-
ment que Bazaine a capitulé, le 28 octobre,
et a mis bas les armes avec cent soixante-
dix mille hommes. Ils illuminent la préfecture
et, le soir, des retraites aux flambeaux parcourent la ville. Un journal rédigé en français
par des Prussiens et auquel, dit-on, collabore
le chancelier, donne les détails les plus cir-
constanciés sur la capitulation. Malgré tout,
on refuse de croire au désastre.

Il faudrait être fou, dit M. Legros, pour

ajouter foi aux affirmations du *Moniteur officiel de Seine-et-Oise*. Une ignoble feuille de
chou que le roi de Prusse fait placarder sur
nos murailles et qui ne contient que d'affreux
mensonges. Personne ne devrait lire cet horrible papier.

— Je suis bien de votre avis, fait mon
père.

Ce qui ne l'empêche pas de m'envoyer, tous
les jours, lire le *Moniteur officiel* collé sur le
mur de l'hospice. Je dois, en rentrant, lui
faire un résumé fidèle de ce que contient le
journal.

Le plus souvent, il contient de drôles de
choses. Il prétend que la lutte est devenue
impossible, que nous n'avons plus de soldats ;
nous manquons aussi de généraux et ceux qui
restent sont mis en suspicion par les avocats
et les journalistes qui aspirent à les remplacer.
La France est divisée en deux camps : une
minorité turbulente et malsaine, plus disposée
à tourner ses armes contre les prêtres que
contre les Prussiens — témoins ces mobiles
de Lyon qui prenaient d'assaut des séminaires
et des couvents de Carmélites ; — et la grande
majorité de la nation, effrayée de ces menaces

de révolution sociale et demandant la paix à
tout prix. Que lui importe l'Alsace et la Lorraine? Les Français n'ont plus depuis longtemps qu'un désir : vendre cher leurs produits
et vivre grassement dans les jouissances de la
matière.

Un jour, un article sur Gambetta et la
guerre à outrance indigne tout le monde.
Gambetta n'est qu'un tribun d'occasion, un
rhéteur du café de Madrid, qui, sous le prétexte de défense nationale, vise au triomphe
d'un parti. La France est gouvernée par des
tragédiens, des tragédiens de petits théâtres,
sans engagements fixes.

— C'est épouvantable ! dit M. Legros.

— Peut-être, répond le père Merlin, mais
ça me semble assez juste.

M. Legros a un geste d'indignation, mais il
se contient. On ne fait même plus au père
Merlin l'honneur de lui répondre.

A quoi bon? Malgré les rodomontades des
Allemands, les bonnes nouvelles se succèdent.
On remarque que, depuis quelques jours, une
animation inaccoutumée règne dans le camp ennemi. Les Prussiens élèvent partout d'énormes
retranchements. Ils viennent aussi d'arracher

tous les rails des chemins de fer et les empor-
tent dans des voitures. Qu'en font-ils ? On
parle mystérieusement de locomotives blin-
dées qui devaient, pendant la nuit, transporter
les troupes françaises en plein cœur de Versailles ; on parle de ceci, de cela...

Pourtant, il faut se rendre à l'évidence :
Metz a capitulé ; il n'y a plus à en douter.
Alors, c'est un concert de malédictions. On
injurie Bazaine sur tous les tons possibles.

— C'est un traître ! un bandit ! un vendu !

Et le grand mot revient, le grand mot qui
souligne toutes les catastrophes.

— C'est infâme !

— Le coup est bien douloureux pour Versailles, dit M. Legros. Il atteint dans son honneur la ville qui a donné le jour au général
en chef de l'armée de Metz. Mais, ajoute-t-il,
il ne faut pas désespérer. Nous avons juré
d'élever nos cœurs. Que notre devise soit celle
du gouvernement de la Défense nationale : A
outrance !

On applaudit le marchand de tabac. Je vou-

drais bien l'applaudir comme les autres, mais
quelque chose m'en empêche.

L'autre jour, une colonne de prisonniers
français s'est arrêtée devant chez lui. Ces
malheureux mouraient de soif.

— Donnez donc à boire à ces braves gens !
a crié l'officier prussien qui commandait l'escorte, en se tournant vers l'épicerie.

Et j'ai vu M. Legros sortir de sa boutique,
tout tremblant, portant un bol et un seau d'eau
dans lequel les prisonniers ont puisé à tour de
rôle.

Il me semble qu'il aurait pu donner du vin
— ou au moins de l'eau rougie, de l'abondance.
Maintenant, comme il a juré d'élever son
cœur, il tient peut-être à garder son vin pour
lui. Ça doit élever les cœurs, le vin pur.....

M. Zabulon Hoffner nous apporte les meil-
leures nouvelles du voyage diplomatique de
M. Thiers, que nous suivons avec anxiété
depuis quelque temps.

Car, il ne faut pas croire que M. Thiers est
toujours la vieille crapule qu'il était lorsqu'il
s'est opposé, au mois de juillet, à la déclaration
de guerre. On ne parle plus de l'envoyer à

Coblentz ; on parle de l'envoyer au Panthéon
— le plus tard possible, bien entendu, — C'est
un grand homme, un citoyen illustre ; ce peut
être un sauveur.

M. Legros l'affirme.

— Si M. Thiers réussit, s'écrie-t-il, les Prussiens sont fichus ! C'est moi qui vous le dis.

XVII

Il y a quelque temps déjà que nous n'avons
vu M. Beaudrain. Nous savons qu'il est malade. Malade de peur. Le 25 octobre, jour de
la sortie de la Jonchère, lorsque le canon
français, se rapprochant, semblait toucher aux
portes de Versailles, il a été pris d'une crise
de nerfs. Il a fallu le remonter à grand'peine
de sa cave où il s'était blotti et le transporter
mourant dans sa chambre.

Un billet de lui nous apprend qu'il vient de
quitter le lit et qu'il a obtenu des autorités
prussiennes un sauf-conduit qui lui permettra
de se rendre à Caen, où demeure sa famille.
Il s'excuse de ne pouvoir venir nous faire ses
adieux, mais il craint, s'il se promenait dans
la ville, d'être victime de quelque accident. Il
sait que les Allemands lui en veulent, etc., etc.

— Si nous allions le voir? demande mon
père. C'est bien le moins que tu ailles serrer la

main de ton professeur avant son départ, Jean.

Nous partons. M. Legros, qui n'a justement rien à faire, nous accompagne. Quant à Mme Arnal, elle ne peut nous suivre, à son grand regret ; elle est obligée d'aller chercher son blessé qui est parti prendre l'air dans le parc et qu'elle a promis de rejoindre avant quatre heures, pour le ramener chez elle.

— Il s'impatienterait, vous comprenez ; et les malades, c'est tellement nerveux ! Un rien entrave leur guérison. Un rien ! la moindre contrariété !...

Mais elle nous remet une lettre à l'adresse de son mari, à Paris, en nous chargeant de prier M. Beaudrain de la faire parvenir, par un moyen quelconque, dans la capitale assiégée.

— Ce pauvre Adolphe ! Il sera si content d'avoir de mes nouvelles !...

Le professeur demeure dans une maison contiguë au lycée. L'entrée principale donne sur l'avenue de Saint-Cloud, mais M. Beaudrain a la jouissance d'une entrée particulière sur une cour du lycée ; c'est la cour des cuisines. M. Beaudrain est très fier de cette entrée.

Il n'y a pas de quoi. La cour est petite, sale,

14

puante. De tous côtés gisent des instruments
culinaires absolument infects, des marmites
barbouillées de graisse, des casseroles vert-
de-grisées. Des tas de vieux haricots et de
lentilles, des os moussus, des rognures de
légumes putréfiés entourent des cuves et des
tonneaux pleins d'eau sale. Sur cette eau
nagent des langues de pain, des rondelles de
carottes, des poireaux qui ressemblent à des
algues, des feuilles de choux blafardes, et, de
temps en temps, apparaît la forme indécise
d'un arlequin qui fait la planche. Une odeur
repoussante monte de cette cour, passe par
l'*entrée particulière* et nous poursuit dans l'escalier.

Nous trouvons le professeur en train de
faire ses malles. Il nous explique qu'il se hâte,
car il a peur que les Allemands se ravisent et
lui enlèvent son sauf-conduit. M. Beaudrain
me fait pitié; ce n'est plus que l'ombre de
lui-même. Il est horriblement troublé et, réellement, il ne sait plus ce qu'il fait. Il renverse
son encrier dans un carton à chapeau et remplit de chaussettes sales et de vieux faux-cols
un tuyau-de-poêle tout neuf. Il bredouille, tout
en continuant ses préparatifs, des phrases

inintelligibles. La lettre de Mme Arnal l'embarrasse beaucoup; il ne sait où la fourrer. Si les Prussiens la découvraient! Enfin il déclare que, pour plus de sûreté, il la mettra dans ses bottes.

Nous nous en allons après lui avoir souhaité un bon voyage et le professeur, en nous reconduisant, semble retrouver la moitié de sa langue. Il murmure :

Non patriam fugimus ; nos dulcia linquimus arva...

Et, après du Virgile, du Casimir Delavigne :

Adieu, Madeleine chérie...

La maison de M. Beaudrain s'appelle *Madeleine?* Je l'ignorais...

... Qui te réfléchis dans les eaux...

Les eaux grasses...

Nous traversons la cour infecte et nous allons sortir quand le concierge du lycée nous barre le passage. Un convoi de blessés entre dans l'établissement scolaire, qu'on a converti en ambulance. La vue des voitures, dont les bâches de toile grise portent la croix rouge,

et d'où sortent des gémissements, me glace
le sang dans les veines.

— Tous des blessés prussiens, murmure le
concierge; on ne met pas de Français ici.

— Ah! dit M. Legros, tout bas, si l'on pouvait les achever!

Le concierge nous donne des détails. D'a-
près lui, toutes les nuits, on emporte des cin-
quantaines de cercueils. Les Prussiens enter-
rent leurs morts la nuit pour ne pas laisser
voir leurs pertes.

— Quand je vous dis qu'ils tombent comme
des mouches! murmure le marchand de tabac.

Et il ajoute :

— Si vous voulez, Barbier, nous irons jusqu'au Château. J'ai l'habitude de donner, tous
les huit jours, quelque chose pour les blessés
français. C'est ma femme qui veut ça. Une
idée de femme. Elle voulait que je donne dix
francs. Je donne cent sous. C'est assez.

— Mais, demande mon père, on vous laisse
donc pénétrer dans l'ambulance du Château?

— Non, non. Seulement, je passe devant,
tout près. Je fais signe à un curé — un curé
français, l'abbé Chrétien — qui se trouve toujours là l'après-midi, et il vient prendre mon

argent qu'il distribue entre les Français. Ah!
il n'y a pas de danger qu'il en donne un sou
aux Allemands! Tout pour les nôtres! On peut
se fier à lui pour ça. Tout le monde le sait.
Vous connaissez l'abbé Chrétien?

— Je l'ai vu. Il a une sale tête.

— Vous trouvez? C'est un bien brave
homme. Et un patriote! Je ne vous dis que ça...

Nous arrivons au Château. Nous passons
devant la galerie des maréchaux où est ins-
tallée l'ambulance. Nous passons et nous re-
passons, et M. Legros, qui regarde par toutes
les fenêtres, n'aperçoit pas l'abbé Chrétien.

— C'est qu'il n'est pas là... c'est qu'il n'est
pas venu... Ah! voilà une sœur de charité.

Il lui fait signe. Deux minutes après, la
sœur ouvre la porte et s'approche de nous.
Elle a, sous la cornette, une belle figure triste
et pâle.

— Ma sœur, dit le marchand de tabac, je
voudrais vous remettre un peu d'argent... un
peu d'argent pour les blessés... D'habitude, je
donne la même somme, tous les huit jours, à
l'abbé Chrétien...

Il allonge la pièce de cent sous vers la
main qu'a tendue la sœur.

— Mais, ajoute M. Legros, il est bien entendu que c'est pour les nôtres, pas pour les Prussiens... rien que pour les nôtres...

La sœur a retiré la main et, étendant le bras vers la longue galerie où souffrent les mutilés :

— Pour tous, dit-elle.

M. Legros est stupéfait.

— Mais, ma sœur, voyons... je ne peux pas... pour les Prussiens... je ne peux pas...

— Alors, gardez votre argent, mon frère. Je ne peux pas le prendre.

Et la sœur est rentrée, droite et calme, dans l'ambulance dont elle a fermé la porte tout doucement.

M. Legros est furieux; mon père aussi.

— Ah! la béguine! la garce! la sale béguine! Avez-vous vu ça? Pas pour deux sous de patriotisme! Pas un liard de cœur! C'est honteux!...

Et le marchand de tabac frappe sur la pièce de cent sous qu'il a remise dans le gousset de son gilet.

— J'aimerais mieux la jeter dans la pièce d'eau des Suisses que de la donner aux Prussiens!

— Sacré nom d'un chien! vous avez raison,
dit mon père. Et on appelle ça des sœurs de
charité! Quelque chose de propre!...

En rentrant, nous trouvons à la maison Justine, la femme de chambre de la tante Moreau. Elle vient prier mon père, de la part de
la tante, de venir la voir le plus tôt possible
à Moussy.

— Diable! dit mon père, ça tombe mal.
J'ai justement a faire ce soir avec M. Zabulon Hoffner, au sujet d'une chose... d'une
machine... très importante... Et je serai probablement très occupé pendant quelque temps...

Mon père réfléchit.

— Si on envoyait Jean? demande ma sœur.
Puisque ma tante se plaint surtout de la soli-
tude dans laquelle elle vit, à ce qu'affirme
Justine... Ça lui ferait une société.

Il me semble que Louise dispose de moi
bien cavalièrement. Petite péronnelle! Attends
un peu! Mais mon père approuve l'idée qu'elle
vient d'émettre et je suis prié — pas trop poliment — d'aller m'habiller.

— Tu resteras à Moussy deux jours, trois

jours, peut-être une semaine. Ça dépend. Tu ne t'y ennuieras pas plus qu'à Versailles, après tout.

Une heure après, je pars avec Justine.

XVIII

— Mon enfant, on veut me faire mourir !

Je n'oublierai jamais ce cri que pousse ma tante, lorsque je pénètre dans le salon du Pavillon où l'on a roulé son fauteuil, devant la cheminée.

— On veut me faire mourir ! On veut me tuer ! Je suis entourée d'assassins ! Jean, viens ici, mon petit Jean, tout près de moi, là..

J'approche, très ému. Ma tante me fait peur. Elle a l'air d'un spectre. C'est malgré moi que je lui tends mon visage et je frémis quand, de ses lèvres froides, elle pose un baiser sur ma joue. Elle tient mes deux mains dans les siennes — des mains de glace — et je sens ses ongles m'entrer dans la chair pendant qu'elle creuse mes yeux de ses prunelles froides où brille un point blanc, terrible.

Une idée m'empoigne ; ma tante est folle !

J'essaye de me dégager. Je ne veux pas rester là. Elle est folle !

— Ne t'en va pas, mon petit Jean. Je t'en
prie... Assieds-toi là, tiens, près de moi, tout
près...

La voix est lugubre et douce; une voix de
mourant.

— Prends une chaise... Mets-toi près du
feu... Je suis si heureuse de te voir...

Et, brusquement, d'un ton rauque :

— Ton père est-il venu avec toi ?

— Non, ma tante. Ils est très occupé pour
le moment. Il a dit qu'un de ces jours... sans
faute... il viendrait vous voir. Louise aussi.

La vieille femme porte la main à son cœur:

— Ah !... Eh bien ! tant mieux... oui, tant
mieux... un de ces jours !... pourvu que je n'y
sois plus...

Elle éclate en sanglots. Et, tout d'un coup,
tendant vers moi ses bras décharnés :

— Jean ! pardon, pardon ! pardonne-moi !
Dis-moi que tu me pardonnes... que tu m'ai-
meras tout de même... que tu ne me le repro-
cheras jamais... quand je serai morte... que...
Ah ! mon Dieu ! mon Dieu !...

Je me suis jeté à ses genoux.

— Ne pleurez pas, ma tante, je vous en supplie...

— Si, si! il faut que je pleure... c'est honteux... c'est misérable... Ah! qu'on est lâche quand on est vieux... Laisse-moi pleurer... ma vie ne valait pas la peine...

— Ma tante, je vous en prie...

Je cherche des mots; je n'en trouve pas. Il faut que j'appelle quelqu'un.

— Justine!

Mais ma tante bondit dans son fauteuil et me saisit par le bras.

— N'appelle pas?... Je te défends!... Cette fille ne m'obéit plus... Elle obéit à *lui*. *Il* la paye... J'en suis sûr...

Je la regarde, stupéfait. Elle n'a point lâché mon bras; elle m'attire à elle.

— Jean, tu es grand, tu es raisonnable, tu es presque un homme. Eh! bien, écoute. Je vais te parler comme je parlerais à ton père, s'il était ici. Je vais tout te dire. Écoute-moi bien. Et, plus tard, quand je serai morte, quand on dira que je n'étais qu'une vieille gueuse, tu pourras...

Elle recommence à pleurer et, à travers ses sanglots, me raconte des choses affreuses.

Depuis près d'un mois, des scènes atroces ont
lieu chez elle ; les Prussiens ont choisi le Pavillon pour s'y livrer à tous les excès, à toutes
les orgies, à tous les outrages.

— C'est inimaginable, ce qu'ils ont fait, mon
enfant. Il y a des choses que je ne voudrais
dire pour rien au monde ; j'ai été près d'en
mourir de frayeur et de honte. Eh bien,
ce que tu ne croiras pas, c'est qu'ils étaient
payés pour le faire...

— Payés ! ma tante ; et par qui ?

Elle me regarde douloureusement.

— Pauvre, pauvre petit !

Puis, rassemblant ses forces, hachant les
mots, coupant les phrases de soupirs :

— Celui qui les payait est venu... quand il
m'a vue à bout de forces... n'en pouvant plus.
Et il m'a proposé de faire cesser ces...
ces choses... de faire partir les Prussiens de
chez moi... à condition... que je vous... que
je vous dépouille, mes pauvres enfants... que
je vous déshérite... Et moi, lâche, lâche,
pour conserver ma vie... ma misérable vie
que je sentais s'en aller... j'ai accepté... j'ai
fini par accepter... Et ils sont revenus ! Ils
sont revenus hier ! Ils ont recommencé... Tout

le monde est vendu à *lui*. *Il* veut me faire
mourir!... mourir!... Mais je ne veux pas
mourir! Jean, je te demande pardon, mais
défends-moi, défends-moi... Jean!...

Et ses bras qu'elle a croisés autour de mon
cou, tout d'un coup se détendent, battent l'air,
et la pauvre vieille se laisse tomber, toute
blanche, sur le dossier du fauteuil.

Cette fois, j'appelle. J'appelle à grands cris.
Justine accourt.

— Ah! mon Dieu! madame qui se trouve
mal! Quel malheur!

Elle s'empresse; mais au bout d'un quart
d'heure, ma tante n'est pas revenue à elle.
Le pouls est faible, presque imperceptible.
Elle respire difficilement.

— Monsieur Jean, je vais envoyer chercher
le médecin, me dit la femme de chambre.
C'est le major allemand qui nous sert de médecin. L'autre est parti. Mais... comme on
ne sait jamais... si vous vouliez aller chercher M. Toussaint.

— Oui, j'y vais.

Je pars en courant. J'ai déjà dépassé la
ferme de Dubois, l'ancien maire, lorsque des

15

appels, derrière moi, me font tourner la tête.

— Pst! pst! petit, écoute donc un peu.

Une femme vêtue en paysanne, me fait des signes, de la porte de la ferme. Je la reconnais; c'est la femme de Dubois. J'approche.

— Que me voulez-vous, madame?

— Où vas-tu si vite que ça? Chez ton grand-père, au moins?

— Oui.

Elle se campe devant moi et, clignant de l'œil :

— Alors, c'est que la vieille est claquée?

— Quelle vieille?

— Eh! ta tante, donc! la dame du Pavillon! Petit malin, va! Comme si on ne connaissait pas vos affaires!

Je reste tout interloqué. Cette femme se moque de moi, c'est clair.

— Madame, vous n'êtes guère polie. Dans tous les cas, si vous vous intéressez à ma famille, apprenez que ma tante Moreau n'est pas morte.

— Si je m'intéresse!... Petit bandit!...

La femme de Dubois a sauté sur moi et, m'attrapant par ma cravate — une belle cravate bleue toute neuve — :

— Eh bien! quand elle sera morte, tu
pourras dire à ton grand-père, à ton vieux
cochon de grand-père, de te payer une cravate encore plus belle que celle-là. Ça ne le
gênera pas, car il aura pu mettre dans son
sac l'argent de la vieille qu'il est en train de
tuer par-dessus celui qu'il a reçu pour faire
envoyer mon mari en Prusse et pour vendre
l'officier de francs-tireurs qu'on a fusillé là-
bas dans le pré. Entends-tu, morveux? Et,
tiens, voilà pour toi!

Elle lâche ma cravate et me flanque une
paire de gifles.

— Graine d'assassin! petit-fils d'assassin!

Elle ferme sa porte à la volée. Je reste
là, hébété, sans voir, sans oser comprendre.
Puis, des larmes s'échappent de mes yeux et
je cours me jeter à plat-ventre derrière un
buisson où je reste à pleurer, malgré le froid,
jusqu'à ce qu'il fasse nuit noire. Alors, j'ai
peur; et je rentre au Pavillon en tremblant,
me retournant à chaque pas pour regarder
derrière moi.

— Vous n'avez donc pas été chercher votre
grand-père? me demande Justine.

— Non... Je me suis amusé en route... Et
puis, il était trop tard...

— Heureusement qu'il est venu tout à
l'heure. Il vient de s'en aller. Je vous condui-
rai demain matin chez lui pour déjeuner.

Des détonations éclatent dans le salon. On
dirait des coups de pistolet.

— Qu'est-ce qu'il y a, Justine?

— Oh! rien, monsieur Jean, rien du tout.
Ce sont les Prussiens qui s'amusent. C'est leur
habitude, le soir. Ils enlèvent les balles de
leurs cartouches et jettent les cartouches dans
la cheminée. C'est très drôle; ça fait comme
un feu d'artifice; et puis, il n'y a pas de danger, puisque les balles sont enlevées.

De nouvelles détonations crépitent. J'entr'ouvre la porte du salon. Devant la cheminée
où pétille un feu de bois, ma tante est assise,
la figure terreuse, les yeux fermés, les bras
pendants. De chaque côté d'elle, un sous-
officier prussien, dodelinant de la tête, ivre
sans doute, dépouille des cartouches dont il
jette les culots au feu. Il y a un tas de balles
par terre. A chaque cartouche qui éclate, la

vieille tressaute. C'est tout. Elle n'ouvre même pas les yeux.

— Justine! Justine! Il faut dire aux Prussiens de s'arrêter!

— Ah! bien, oui! Allez donc leur dire un peu, pour voir, monsieur Jean. Vous verrez comment vous serez reçu!

— Alors, il faut emmener ma tante, la porter dans sa chambre...

— Mais ça la distrait, ça, monsieur Jean!

— Il faut l'emmener dans sa chambre! Entendez-vous? Tout de suite!

— C'est bon, monsieur Jean, c'est bon, ne vous fâchez pas. Si vous y tenez...

Justine appelle la cuisinière — une paysanne des environs — et, à nous trois, nous transportons la pauvre vieille dans sa chambre. Elle ouvre les yeux en route, me regarde, mais ne prononce pas une parole.

— Là, dit Justine. Je vais la déshabiller et l'aider à se coucher. Allez donc dîner, monsieur Jean. Votre dîner est servi, en bas, dans la salle à manger. J'attends que vous soyez parti pour déshabiller madame.

Je descends. Je dîne en deux bouchées et je demande à remonter auprès de ma tante.

— Elle dort, déclare la femme de chambre
Le médecin a défendu de la déranger. Vous la
verrez demain matin, monsieur Jean. Ah ! cette
pauvre madame ! Elle est bien malade, voyez-
vous. Nous faisons ce que nous pouvons, pourtant... Quelquefois, il y a du mieux. Ainsi,
depuis deux jours elle se lève. C'est déjà quelque chose, puisque dernièrement elle est res-
tée quatre jours couchée. Cette fois-là nous
avons bien cru que c'était fini... .

Justine parle longtemps. Je finis par ne plus
l'entendre. Je ne comprends plus. Je n'ai plus
d'idées. Il me semble qu'on m'a coulé du
plomb dans le cerveau.

— Voulez-vous vous coucher, monsieur
Jean ?

— Oui... Oui...

On me conduit à la chambre qu'on m'a
préparée, une chambre du premier étage, tout
au bout du Pavillon. D'habitude, je couchais
au rez-de-chaussée, dans une chambre contiguë à celle de ma tante.

— C'est moi qui couche là, maintenant, me
dit Justine. C'est tout à côté de madame. Si
elle a besoin de quelque chose, la nuit...

Je suis exténué, j'ai la tête en feu. Je m'en-

dors d'un sommeil lourd. Je fais un rêve
étrange, dans lequel je vois passer le paysan
que les Prussiens escortaient — celui qu'on a
fusillé, dans le pré ; — j'assiste à son exécution ; et, immédiatement après le bruit déchi-
rant du feu de peloton, il me semble pendant
longtemps, oh ! longtemps, entendre des cris
affreux, des hurlements, un vacarne épouvantable... Puis, le bruit s'apaise... et je me vois,
fuyant à Versailles, à travers le bois et pour-
suivi par mon grand-père qui, pour me saisir
étend des mains toutes rouges...

J'entends une clef grincer dans la serrure. Je
me réveille en sursaut, terrifié, couvert de
sueur. C'est Justine qui entre.

— Monsieur Jean, habillez-vous vite... Il
est sept heures... Et votre tante... votre pauvre tante...

Une idée me traverse le cerveau. Je me
dresse sur mon séant,

— Morte ?

— Non... non... mais...

— Justine ! dites-moi la vérité !

— Venez vite, monsieur Jean...

Deux minutes après, je suis en bas, La

chambre de ma tante est éclairée par des bou-
gies. Tout au fond, un chirurgien-major allemand, en uniforme, est assis, les jambes croisées, sur une chaise basse. Au pied du lit,
près d'une table sur laquelle est posé un cru-
cifix, la cuisinière campagnarde est agenouillée,
un mouchoir appuyé sur les yeux, Et, sur les
oreillers blancs, des cheveux gris, le haut
d'une face couleur de terre apparaissent au-
dessus du drap remonté très haut et qu'ont
agrippé avec rage des doigts longs et amincis.
Les doigts semblent se resserrer de plus en
plus, les paupières battent, doucement. Mais
les mains semblent s'ouvrir. Les doigts se détendent, par saccades, les paupières se relèvent,
l'œil se retourne et une grosse bille, toute blanche, paraît sortir de l'orbite.

La paysanne fait le signe de la croix et je
m'appuie à la cheminée pour ne pas tomber.

Un coup de sonnette retentit.

— Voilà M. Toussaint, dit Justine qui
pleure à chaudes larmes. Je vais lui ouvrir.

Je la suis ; mais je ne dépasse pas le salon.
Aussitôt que la femme de chambre en est sortie, j'ouvre tout doucement une fenêtre, j'en-

jambe la barre d'appui et je me laisse glisser à terre.

Et je me sauve, à travers champs, à travers bois comme dans mon rêve, dans la direction de Versailles, en courant de toutes mes forces...

Graine d'assassins ! Petit-fils d'assassin !

Oh! que j'ai peur ! oh ! que j'ai honte !... Je ne veux plus voir mon grand-père !...

Jamais !... Jamais !...

15.

XIX

Quelques jours se sont passés. Je me suis raisonné. J'ai réfléchi. Je ne dirai rien.

Bien que je ne puisse chasser de mon esprit le souvenir des tableaux terribles que j'ai vus se dérouler devant moi, bien que les paroles affreuses de la paysanne me poursuivent sans relâche, bien que je sente sa dernière insulte imprimée sur mon front comme avec un fer rouge, je suis décidé à garder pour moi la honte, à ne rien révéler des turpitudes qui me font frémir et crier, la nuit, à ne pas trahir le secret des ignominies qui m'écrasent.

L'autre matin, pourtant, en revenant de Moussy, j'ai été près de tout dire. Mais, aux premiers mots, j'ai senti le rouge de la confusion me monter au visage et j'ai compris que je ne pourrais jamais prononcer les paroles qui me brûlaient la langue, qui m'étranglaient pourtant, que j'avais besoin de hurler. Et j'ai

raconté seulement la mort de la tante, devant
moi ; j'ai dit l'épouvante que ce spectacle
m'avait causé, et comment je m'étais sauvé,
sans trop savoir pourquoi, pris de peur.

Mon père et ma sœur, heureusement, n'ont
pas trop insisté. Ils ne m'ont pas semblé
s'affecter outre mesure de la mort de la tante
Moreau. Et lorsqu'ils sont partis pour Moussy,
le jour des funérailles, ils n'avaient pas du
tout — même ma sœur — des figures d'enterrement.

Moi, je n'ai pas été à l'enterrement. J'ai
fait le malade. Je ne pourrais pas supporter
la vue de mon grand-père.

J'ai passé la journée dans ma chambre, à
pleurer, à écouter le frottement des rabots
sur les planches, le grincement des scies dans
les pièces de bois. Car, pendant mon absence,
le chantier, qui chômait depuis longtemps, a
repris son activité. Cela m'a fort étonné, à mon
retour. Comment le travail a-t-il recommencé,
tout d'un coup ? Pour qui travaille-t-on ?

Mon père, à qui j'ai posé ces questions, m'a
fait des réponses vagues. On dirait qu'il est
embarrassé, qu'il a quelque chose à cacher.

Mais, aujourd'hui, je vais savoir à quoi m'en tenir. Mon père et ma sœur sont partis ce matin, de bonne heure. Ils vont à Moussy, pour la levée des scellés, et ne rentreront guère avant une heure, pour déjeuner. Midi va bientôt sonner et les ouvriers enfilent déjà leurs vestes. Je descends au chantier et je m'approche du contremaître.

— Monsieur Benoît, pour qui donc travaille-t-on, maintenant ?

— Comment ! monsieur Jean, vous ne le savez pas ? Mais, pour l'état-major.

— L'état-major allemand ?

— Dame !

— Alors, mon père travaille pour les Allemands ?

— Pourquoi pas ? Tiens ! si les Prussiens ont besoin de bois, on serait bien bête de ne pas leur en fournir, pourvu qu'ils paient.....

Le contremaître se rapproche de moi et, tout bas :

— Les Prussiens font de grands travaux dans ce moment-ci. J'ai vu ça l'autre jour, dans le parc de Saint-Cloud, en allant livrer des madriers ; ils établissent des batteries, des redoutes, un tas de machines. C'est pour bombarder Paris, vous comprenez.

— Bombarder Paris !

— Ni plus ni moins. Alors, voyez-vous, il y aura de sacrées fournitures de bois à leur faire. Ah ! le patron a eu une fière chance de tomber là-dessus..... Moi, je crois que c'est M. Zabulon Hoffner qui lui a fait avoir ça... Vous savez, le vieux, vilain, qui a des lunettes ?

— Oui, je sais... Ah ! vous croyez ?

— Oui. Une fois que le patron m'avait fait demander, pour savoir si je pourrais embaucher assez d'ouvriers dans la ville, je l'ai trouvé en conversation à propos des fournitures avec le citoyen en question... Et puis, vous savez, ce particulier-là a bien une tête à s'entendre avec les Prussiens... Ça ne m'étonnerait même pas, qu'il ait demandé une bonne petite commission à votre papa.....

— Jean !

Je me retourne. C'est mon père qui m'appelle par la fenêtre de la salle à manger. Il a l'air en colère.

— Viens ici tout de suite !

— Oui, papa.

Je prends tout doucement le chemin de la
maison. Je sais ce qui m'attend : un bon
savon pour avoir causé avec les ouvriers. C'est
l'affaire d'un quart d'heure. Mon père y met
le temps.

— Jean, tu es un petit malheureux !

Quel drôle de début ! Mon père éprouve-t-il
le besoin de changer la forme de ses pro-
logues ?

— Tu m'as menti !

Mon père me crie ça d'une voix furieuse.
Il n'est pas question des ouvriers. Qu'y a-
t-il ?

— Tu m'as menti ! Tu as menti à ta sœur !
Tu as menti à tout le monde !

— Mais, papa... mais, papa...

— Viens ici, et tâche de dire la vérité, cette
fois. Lorsque tu es arrivé chez ta tante, au
Pavillon, l'autre jour, que s'est-il passé ?

— Mais, rien, papa.

— Sacré nom d'un chien ! si tu continues à
mentir, tu auras affaire à moi !... Que s'est-il
passé ? que t'a dit ta tante, pendant le temps
que tu es resté seul avec elle, en arrivant ?
Car tu es resté seul avec elle, j'en suis sûr ;

la cuisinière nous l'a dit. N'est-ce pas, Louise?

— Oh! certainement. Du reste, regarde donc la figure de Jean. Regarde-le rougir.

Je rougis, parce que je comprends, maintenant, pourquoi mon père m'a appelé. Il peut m'interroger tant qu'il voudra ; je ne dirai rien.

— Allons, veux-tu parler ? que s'est-il passé ?

— Rien.

— Que t'a dit ta tante ?

— Elle m'a dit qu'elle était bien malheureuse... et bien malade... C'est tout.

— Et puis ?

— Et puis elle s'est évanouie ?

— Et alors.

— Justine a envoyé la cuisinière chercher le médecin allemand...

— Et toi, on t'a envoyé chercher ton grand-père ?

— Oui, papa.

— Y as-tu été ?

— Non, papa.

— Et tu es resté près de deux heures dehors ! Qu'as-tu fait pendant ce temps-là ?

— Je me suis amusé en route.

— Pendant deux heures ! Par le froid qu'il faisait !... Tu ne veux pas dire ce que tu as fait ? Tu ne veux pas le dire ?... Tu veux continuer à mentir ! Petit misérable !

Mon père s'avance vers moi, la main haute. Mais il se contente de m'empoigner par le bras et de m'amener devant lui, à côté de Louise.

— Reste là, gredin ! Et, puisque tu ne veux pas parler, je vais parler pour toi, moi ! je vais te dire ce que tu as fait. Tu as été chez ton grand-père. Tu es resté chez lui jusqu'à la nuit ! Et tu t'es entendu avec lui pour laisser mourir ta tante sans nous prévenir !... Est-ce cela, hein ? Est-ce vrai, dis ? Crois-tu que je voie clair, malgré tes mensonges ?...

Mon père se lève et me secoue de toutes ses forces.

— Et maintenant, tu vas nous dire ce qu'il t'a donné, le père Toussaint, ce qu'il t'a promis, plutôt, pour te faire son complice. Tu vas nous le dire ! Et tout de suite ! Parle !

— Allons, parle donc ! s'écrie ma sœur en grinçant des dents. Maintenant que c'est fait !...

— Je n'ai pas été chez grand-papa !

Mon père m'allonge une gifle terrible.

— Non ! je n'y ai pas été !

— Alors, qu'as-tu fait ?

— Rien !

Mon père se rassied, blanc de colère. Pendant deux minutes, un grand silence ; on n'entend que le bruit que font les pieds de ma sœur en trépignant sur le parquet.

— Allons, Jean, mon petit Jean, reprend mon père, d'une voix qui veut être douce, mais qui est aigre, — les mains tremblent, les yeux brillent, les dents s'entre-choquent. — Mon petit Jean, tu ne veux pas me désoler, nous réduire au désespoir. Tu vas nous dire... tout, n'est-ce pas ? Nous ne t'en voudrons pas. N'est-ce pas, Louise ?...

— Oh ! s'il dit tout, je ne lui en voudrai pas, sûrement.

Et ma sœur me lance un coup d'œil féroce.

— Tu nous as fait bien du mal, pourtant !... Sais-tu ce que tu as fait ? Sais-tu de quel malheur tu es cause ?... Je vais te l'apprendre : tu sais que ta tante Moreau devait vous laisser les deux tiers de sa fortune, à toi et à ta sœur ; elle avait fait un testament, déposé chez un notaire de Versailles. Tu sais cela, n'est-ce pas ?

Je ne réponds pas. Mon père frappe du pied et continue en crispant les doigts sur son pantalon :

— Eh bien, ce matin, chez elle, en brisant
les scellés, on a découvert un testament, un
nouveau, datant de huit jours, qui institue ton
grand-père — le père Toussaint — légataire
universel !

Mon père hurle les derniers mots. Il compte
sur un effet. Mais je ne bronche pas.

— Légataire universel ! Entends-tu ? Comprends-tu ?... Et le dernier testament annule
l'autre... l'autre, qui vous laissait une fortune
à chacun ! quinze mille francs de rente. Comprends-tu, hein ?... Et vous n'avez plus rien !
rien ! rien !... Et le père Toussaint a tout ! tout !...
Comprends-tu ?... Comprends-tu que vous avez
été volés, ta sœur et toi ? Indignement, atroce-
ment volés !... Et ta tante avait dû te prévenir de
ça ! Elle t'en avait prévenu, j'en suis convaincu !
Moralement convaincu !... Et tu aurais dû venir
nous prévenir, nous avertir immédiatement,
sans perdre une minute !... Je serais accouru !
J'aurais fait déchirer ce testament ! Et vous auriez
eu l'argent, tout l'argent !... Et, au lieu de cela,
tu t'en vas chez ton grand-père, tu restes deux
heures chez lui, tu te laisses entortiller par cette
vieille canaille... Allons, Jean, voyons, si tu
as un peu de cœur, mon petit Jean, dis-nous

tout ce que tu sais ; raconte-nous ce que t'a dit
ta tante, ce qu'elle t'a dit de ton grand père,
des moyens qu'il a employés... C'est lui, n'est-
ce pas, qui la rendait si malheureuse ?... Réponds !... Mais réponds donc !...

— Ma tante ne m'a rien dit.

Mon père se lève.

— Ta tante ne t'a rien dit ? Tu persistes...

— Non ! Elle ne m'a rien dit.

—Prends garde à toi, Jean ! Prends garde à
toi !... Si tu ne dis pas la vérité, si tu ne dis
pas ce que tu as fait chez ton vieux voleur de
grand-père...

— Je n'ai pas été chez grand-papa !

Mon père lève le poing ; mais je me gare et
je reçois, sur le coude, un coup terrible qui
m'engourdit le bras et m'envoie rouler jusqu'à
la porte.

— Menteur ! Hypocrite ! Jésuite !

Et ma sœur, toute droite, le visage vert, la
bave aux lèvres, s'écrie en me tendant le poing:

— On devrait te mettre dans une maison de
correction !

Une maison de correction ! Oh ! j'aime mieux
y aller que de rester ici ! Je ne veux plus res-

ter ici ! Je ne veux plus ! Et je m'écrie en regardant mon père bien en face :

— Mettez-moi dans une maison de correction ! J'aime mieux ça !

J'ouvre la porte, furieusement, je traverse le
corridor et je me précipite dans la rue.

XX

Je m'en vais, sanglotant, le mouchoir appuyé sur les yeux.

— Eh bien ! maître Jean, on pleure ? Qu'est-ce qu'il y a donc ?

C'est le père Merlin qui rentre chez lui et qui m'a vu venir, de loin, en ce triste équipage. Je m'essuie le visage rapidement et je relève la tête.

— Tu as la figure toute rouge. Est-ce qu'on t'aurait battu ?

— Oui... oui, monsieur...

— Et qui ? Ce n'est pas ton père, je pense ?

— Si, monsieur...

— Qu'est-ce que tu as donc fait ?

Je ne réponds pas. Je recommence à pleurer. Le père Merlin me prend par la main.

— Allons, entre chez moi. Tu me raconteras tes chagrins... si tu veux. Et tu te chauf-

feras, au moins ; tu dois geler, dans la rue ; il
fait un froid de chien, ce matin...

Je suis assis dans la salle à manger, au coin
du feu, la tête dans les mains, sanglotant toujours.

— Alors, on n'a pas été sage? On a fait de
grosses bêtises? Qu'est-ce qu'on a fait, allons?

— Oh! oh! oh!... monsieur Merlin... si je
vous disais...

— Pourquoi pas? C'est donc bien grave?

— Oh!... oui. C'est affreux, allez... Je n'ose
pas... non...

Et je secoue la tête en regardant le vieux
qui fixe sur moi ses yeux brillants. Ces yeux
m'attirent ; je vois dans ces prunelles calmes
de la loyauté et de la douceur, de la bonté pour
les faibles, de la sympathie pour les souffrants.
Tout remué encore par la scène atroce à laquelle je viens d'assister, le cerveau plein
d'images horribles, le cœur débordant de terreur et de honte, je me sens entraîné vers ce
vieil homme à la face honnête et digne. Je
sens que derrière ce visage, sur lequel une
expression de raillerie douce a fait place à la
pitié, il ne peut y avoir qu'une âme droite.
Et je comprends que je puis avoir confiance

en ce vieillard, qu'il ne me trahira pas, qu'il
me donnera peut-être du courage et du cœur,
à moi qui n'ai plus de force, qui ne sais ni ce
qu'il faut faire, ni ce qu'il faut penser.

J'essuie mes larmes et, bravement :

— Monsieur Merlin, je vais vous raconter
tout.

Et je lui raconte tout, en effet, sans omettre
un détail, sans passer un mot...

Le vieux s'est levé et se promène de long
en large. De temps en temps, il crispe les
poings en murmurant :

— Ah ! ces bourgeois... Ah ! ces bourgeois...

— Et je n'ai rien voulu dire, monsieur
Merlin ; ce que je vous raconte à vous, je n'ai
pas voulu le raconter à mon père, même quand
il m'a battu. Mais maintenant qu'ils veulent
me mettre dans une maison de correction, je
dirai tout, je le crierai dans la rue, dans la
ville, partout ! Je crierai que grand-papa a
fait mourir ma tante et qu'il a fait fusiller le
franc-tireur !... Et qu'il a fait envoyer Dubois
en Prusse... et que papa travaille pour les
Prussiens pour les aider à bombarder Paris...

Je crierai ça tant que je pourrai... avant
d'aller dans la maison de correction !...

Le père Merlin s'est assis en face de moi
et m'a pris les mains.

— Allons, mon enfant, calme-toi, calme-toi.
Et écoute-moi un peu... Tu veux bien m'écouter? Tu as bien confiance en moi, n'est-ce pas?

— Oh! oui, monsieur Merlin; oui, oui...
Je suis bien content que vous me parliez...
que vous me parliez comme à un ami, parce
que, voyez-vous, je... j'ai trop de chagrin...

Je recommence à sangloter.

— Eh bien! ne pleure pas. Je vais te parler comme on parle à un ami, comme on parle
à un homme, car il te faut maintenant la
force, le courage d'un homme, mon pauvre
enfant. D'abord, comme je viens de te le dire,
il faut te calmer, laisser s'apaiser ta colère,
laisser tes nerfs se détendre. Tu es hors de
toi; il faut reprendre possession de toi-même.
On juge mal quand on n'est pas de sang-
froid... Tu ne veux pas rentrer chez toi pour
déjeuner, n'est-ce pas?

Je secoue la tête.

— Non. Eh bien! tu vas déjeuner avec
moi. Je vais envoyer ma bonne prévenir tes
parents que je t'ai rencontré en route et que
je te garderai avec moi pendant l'après-midi.

Je te reconduirai moi-même ce soir, quand nous aurons causé.

Nous déjeunons tranquillement et peu à peu, je sens mes angoisses s'apaiser, ma colère décroître et, malgré les frissons qui me secouent encore, je sens le calme descendre en moi.

— Mon enfant, me dit le père Merlin lorsque nous avons fini, tu parlais tout à l'heure d'aller révéler les horribles secrets qui te pèsent, de crier sur les toits les iniquités dont tu as été le témoin, de publier les mauvaises actions dont on s'est rendu coupable devant toi. Il ne faut pas faire cela. Il faut, comme tu l'as fait jusqu'ici, enfouir ces choses au fond de toi. Ne les oublie pas, souviens-t'en, au contraire, repasse-les souvent dans ton cœur. Laisse là ta colère, mais conserve ton indignation. L'indignation est toujours une chose juste. C'est pour cela qu'elle vit. Plus tard, quand tu seras grand, les frémissements qui t'agitent aujourd'hui te secoueront encore et ce sera peut-être au souvenir des ignominies qui t'ont fait horreur que tu devras d'être un homme. C'est une dure leçon qui t'est donnée là, mon enfant, tu le comprendras un jour.

16

Elle peut te profiter à toi, *si tu veux*. *Si tu veux*, si tu es assez fort pour ne pas laisser fausser, pendant dix ans au moins, ton âme d'enfant qui est sincère et droite; si tu es assez robuste pour voir les choses, plus tard, avec tes yeux d'aujourd'hui.

Quant à divulguer ce que tu as vu, à quoi bon? A quel résultat arriverais-tu, en agissant ainsi?

— Je me vengerais!... Puisqu'ils veulent me mettre dans une maison de correction!...

Le père Merlin sourit.

— Non, ils ne t'y mettront pas. Ils sont persuadés, maintenant, que tu ne sais pas grand'chose; que tu t'es laissé entortiller bêtement, sans rien voir, que tu es tombé sans t'en douter dans les panneaux que te tendait ton grand-père, pour t'empêcher de revenir à Versailles avant la mort de ta tante. Ils te prennent pour un imbécile, vois-tu, un imbécile qui ne veut pas avouer, par fausse honte, les sottises qu'il a pu commetre. Ils ne te parleront plus de rien, sois-en sûr. Mais toi, de ton côté, garde-toi bien...

— Oh! je ne parle à personne, à la maison! Je ne peux parler à personne. Vous savez

comment ils sont. A qui voulez-vous que je
parle? A mon père? Il ne m'écoute pas ou
ne me répond pas. A ma sœur? Elle se moque
de moi.

Le vieux hausse les épaules.

— Eh bien! tu me parleras, à moi. Et si tu
manques de courage, je t'en donnerai.

— Oh! vous, oui. Vous ne pensez pas
comme eux, au moins. Il y a longtemps que
je le sais. Et il y a longtemps, aussi, que j'aurais voulu vous causer, voulu être votre ami...

— Bah! dit le père Merlin, qui cependant
semble ému, je ne vaux pas mieux que les
autres !

— Oh! si. Et, d'abord, vous ne feriez pas
ce que fait mon père, vous ne livreriez pas aux
Allemands les choses dont ils ont besoin pour
canonner Paris. Voyez-vous, quand j'ai appris ça, ce matin, ça m'a bouleversé. Il me
semble que mon père est un brigand, un
traître...

— Ton père est un bourgeois, mon ami...
un bourgeois... voilà tout...

Et le vieux parcourt la pièce, de long en
large, les mains derrière le dos.

— ... Un bourgeois, parbleu!...

— Et dire qu'à la maison, on ne parlait
que de patriotisme, de défense nationale, de
guerre à outrance ! On ne parlait que d'élever
son cœur !...

— Le patriotisme, murmure le père Merlin qui semble se parler à lui-même, mais
dont la voix s'élève peu à peu, le patriotisme !
Une trouvaille du siècle ! Une création toute
nouvelle ! Une invention des bourgeois émer-
veillés par la légende de l'an II, hébétés par
les panaches et les chamarrures de l'Empire !
C'est drôle, ils en rêvent tous, ces idiots, du
plumet et de la ceinture à glands d'or des
commissaires de la Convention aux armées !...
On n'a qu'à désosser Saint-Just pour avoir
Prud'homme... Un peu trop jeunes pour partir en guerre, les sires de Framboisy ; mais
ça ne les empêche pas de faire les crânes. A
Berlin ! A Berlin !... Allez leur crier : Vive la
Paix, à ces ânes-là, pour voir comment vous
serez reçus... J'en sais quelque chose... Le
patriotisme, monsieur ! Et allez donc, les
blouses blanches et les casse-têtes tricolores !...
Et puis, la débâcle : encore le patriotisme...
Seulement plus de casse-têtes : les souvenirs
de 92. Ça vous assomme tout de même...

Ah! les souvenirs de 92! Le passé pris à témoin du présent! Les fantômes devant les
fantoches! Les objurgations, les évocations,
les exhumations... Mânes de Bonaparte, proté-
gez-nous! Après Bonaparte, c'est Kléber et
Marceau... Pourquoi pas Sobieski et Palafox?...
Voilà : ils avaient moins de panaches... Et
puis, le dénigrement préconçu de l'ennemi,
les railleries, les moqueries, les annonces
mensongères de victoires, les enthousiasmes,
les énervements, les défaillances, les chaises
qu'on brise à la Bourse, la *Marseillaise* qu'on
fait chanter à Capoul. C'est du patriotisme,
tout ça! C'est du patriotisme bourgeois, le patriotisme de l'épicier et celui du journaliste —
les journalistes! Quels misérables! — ...
Mais le patriotisme de première classe, le patriotisme extra, le fin et le râpé, c'est celui de
Gambetta. Ah! celui-là, par exemple, j'espère
bien lui voir élever une statue avant ma
mort... Ni un pouce du sol, ni une pierre de
forteresse!... Et une fierté de théâtre, et des
phrases creuses, et des déclamations ampou-
lées, et encore 92 — lorsqu'il n'y a plus ni
soldats, ni armes, ni rien — lorsqu'on ne peut
aboutir qu'à une chute plus irrémédiable, après

16.

des tueries inutiles, des boucheries idiotes, des carnages imbéciles. Ah! il a tenu haut le drapeau, celui-là...

Le drapeau!... Voilà Thiers, le vieil assassin, l'homme qui a toujours fait litière de la justice et du droit : il est au pinacle. Il montera encore, le chacal; et il pourra, si ça lui plaît, recommencer Transnonain. Qu'est-ce que ça fait? C'est un patriote...

Ah! ils y tiennent, à leur patriotisme! Ils y tiennent, comme on tient aux sentiments factices, ceux qu'on n'éprouve pas — et qu'on se targue d'éprouver... Seulement, il y a la pierre de touche : l'intérêt. Oh! alors... Alors, les capotes en papier buvard, les souliers en carton, la poudre d'ardoise pilée, la viande pourrie, la farine avariée... Tiens, petit, tu serais à l'armée, toi, — et le vieux me frappe sur l'épaule — tu serais soldat, que ton père, entends-tu, ton père? fournirait, pour de l'argent, aux Prussiens, de quoi établir les batteries qui devraient tirer sur toi!...

C'est dégoûtant, hein? C'est infâme? Oui, je sais bien... mais c'est logique, après tout. Ou plutôt, ce serait logique s'il n'y avait pas le patriotisme... L'intérêt! l'intérêt!... Le

paysan, au moins, ne cache pas sa haine de
la guerre. Il ne se met pas de masque sur la
figure; il vous donnerait tous les drapeaux
du monde pour un quarteron de pommes...
Mais le bourgeois! ce mouton affublé d'une
peau de tigre! cet imbécile qu'un plumet
rend enragé et qu'une épaulette fait rêver de
batailles... et qui ne comprend même pas,
l'abruti, pourquoi les meneurs de nations
tiennent à faire, de temps en temps, un
charnier de leurs peuples...

La guerre! l'ignoble guerre!... Oh! quand
donc les peuples seront-ils las de s'entre-tuer?
Quand refuseront-ils l'impôt du sang?... Re-
fuser l'impôt du sang! Ah! bien, oui! Chauvin n'est pas mort... Attends un peu, mon
garçon, attends un peu, et tu verras de
drôles de choses, plus tard...

Tout le monde soldat... Tu verras ça...
Plus de peuples : des armées. Plus d'humanité : du patriotisme. Plus de progrès : des
drapeaux. Plus de liberté, d'égalité, de fraternité : des coups de fusil... Ah! saleté hu-
maine! Ah! bêtise! Ah! cochonnerie!.....

Le père Merlin s'arrête devant moi.

— Je m'emporte, mon enfant, je m'emporte. Ces choses-là, vois-tu... La guerre, je la hais.

— Oh! moi aussi, je la hais !

— Toi aussi? demande le vieux en souriant. Tu as déjà des convictions?

Et il ajoute, très sérieux :

— Alors, tu souffriras. Ce sont les convaincus qui souffrent.

Quand je rentre à la maison, reconduit par le père Merlin, des tas d'idées tourbillonnent dans ma tête. J'éprouve des sensations que je n'ai jamais éprouvées. Je rêve de fraternité et de justice. Et tout le reste me semble très bas, très bas.

XXI

J'ai passé bien des jours tristes. A la maison, on a l'air de m'éviter, de s'éloigner de moi comme d'une bête galeuse ; ma sœur surtout affecte un mépris de moi, un dédain de de ma personne qui se traduisent de mille façons. Quant à mon père, il se contente de ne m'adresser la parole que lorsque la chose est tout à fait indispensable. Le temps n'est pas gai, non plus ; le froid est terrible et la neige tombe presque sans discontinuer ; la ville a un aspect lugubre. La famine menace Versailles ; les vivres commencent à manquer ; les denrées les plus indispensables font défaut ou sont hors de prix. On parle d'accaparement, de spéculation sur la misère publique. On déblatère contre certains commerçants dont la conduite est des plus louches, contre d'autres qui se font les pourvoyeurs de l'ennemi.

Le préfet prussien s'est ému. Il s'est arrangé
avec un groupe de négociants dont fait partie
mon père pour créer un immense entrepôt de
marchandises de toute nature, qu'on prendrait
en Allemagne, pour subvenir aux besoins du
département. J'ai entendu mon père parler
plusieurs fois avec admiration de cette con-
ception grandiose.

Cependant, depuis quelques jours, il se
montre moins expansif. Il paraît que l'opposition
du conseil municipal, des événements imprévus,
ont fait échouer la combinaison, à la grande
colère du préfet. Et ce fonctionnaire, irrité de
se voir accuser d'avoir voulu approvisionner
l'armée allemande avec l'argent français, a
fait mettre le maire en prison et a frappé la
ville d'une amende de 50,000 francs.

— C'est une sale affaire, m'a dit le père
Merlin, l'autre jour, sans vouloir m'apprendre
pourtant quel rôle avait joué mon père,

Un vilain rôle, j'en suis sûr. Ah! je suis
bien content de pouvoir passer, chez le bonhomme, la plus grande partie de mes journées. J'avais craint, tout d'abord, qu'on s'effa-
rouchât, à la maison, de la fréquence de mes
visites chez le vieux, qu'on me défendît de

retourner chez lui. Mais on n'a pas l'air fâché,
tout au contraire, de mes longues absences;
ma présence gênait mon père et ma sœur; et
eux qui faisaient grise mine au père Merlin,
depuis pas mal de temps, lui font bon visage,
aujourd'hui. D'ailleurs, il économise à mes
parents des frais de répétiteur; il me donne
des leçons, « pour m'entretenir la main », dit-il.
Le fait est que j'apprends beaucoup avec lui
— beaucoup plus qu'avec M. Beaudrain.

L'autre jour, j'ai appris, par hasard, une
chose que je voulais savoir depuis longtemps.
J'ai appris ce que c'est que le concubinage.
J'étais seul dans le cabinet du vieux, au premier étage, lorsque, en regardant par la fenêtre,
du côté de la maison de Mme Arnal, j'ai été
témoin d'un spectacle qui m'a fortement étonné.
J'ai appelé le bonhomme.

— Monsieur Merlin! vite, vite, venez voir!

— Quoi donc? m'a-t-il demandé d'en bas.

— Madame Arnal... Elle est contre sa
croisée, dans sa chambre... et elle embrasse
le Prussien.., son blessé prussien... Tenez!
tenez! elle l'embrasse!

— Ce n'est que cela! a crié le vieux en

redescendant les trois marches qu'il venait de
monter. Eh! parbleu, naturellement, qu'elle
l'embrasse... Un concubinage en règle...

· Ah! c'est ça, le concubinage... Tiens! tiens!
tiens!... Et Mme Arnal qui disait que c'était si
vilain?... Ah! ah! ah!... Un concubinage en
règle...

Le moment me semble pourtant mal choisi
pour embrasser les Prussiens... Le bombar-
dement de Paris a commencé hier et ç'a été,
toute la nuit, un roulement de tonnerre inin-
terrompu. Je n'ai pas pu dormir. Chacun des
coups de canon me faisait tressaillir dans mon
lit et je me sentais rougir, dans l'ombre, en
pensant que mon père avait aidé à mettre en
batterie ces pièces qui crachaient la mort sur
la grande ville.

Il a dû gagner de l'argent, avec les Prussiens,
car il semble bien joyeux depuis quelque temps.
Une ombre, cependant, a passé sur son front,
ce matin, lorsqu'il a appris, par deux artilleurs
allemands que nous hébergeons, que les obus
dépassaient la rue Saint-Jacques. Si le chantier
de Paris était atteint! Dame! pourquoi pas?
Les artilleurs ont désigné, sur un plan de la

capitale, comme ayant déjà souffert des projec-
tiles, le Panthéon et le Luxembourg. Ah!
sapristi !...

M. Legros se méprend à l'expression sou-
cieuse du visage de mon père.

— Les Prussiens, dit-il, veulent prendre
Paris par la famine et ils ne tiennent pas, les
brigands, à imiter nos zouaves à l'assaut de
Sébastopol. Mais, soyez tranquille, un de
ces jours, les nôtres vont faire une sortie en
règle et forcer les casques à pointes à sortir de
de leurs retranchements. Ah! si les Français
venaient seulement jusqu'à Versailles! nous
sommes ici dix mille hommes...

Oui, dix mille hommes — dix mille hommes
qui assistent, le 18 janvier, à la proclamation
de l'Empire d'Allemagne. C'est dans la galerie
des Glaces, au château, que Guillaume ressaisit
la couronne de Frédéric Barberousse. Et, le soir,
une fête triomphale a lieu à la préfecture, illumi-
née à giorno, enguirlandée de lierre et de rubans,
pendant que des musiques militaires, des retraites aux flambeaux, parcourent la ville. La
foule regarde, applaudit même, comme elle a déjà
regardé et applaudi lorsque des réjouissances

17

semblables ont célébré la capitulation de Metz.

— L'Empire d'Allemagne, me dit le père Merlin à qui je vais donner des détails sur la cérémonie, et que je trouve en train de frotter avec rage ; l'Empire d'Allemagne ! oui... l'union des races, l'homogénéité des peuples !... Ah ! la bonne blague ! l'assemblage des forces militaires, plutô. ! Le parquage de la chair à canon... Chauvin peut battre la caisse des deux côtés du Rhin, maintenant... Ça présage un avenir tout rose à la civilisation... Patriotisme : caporalisme... Tiens, laisse-moi tranquille aujourd'hui. Je frotte... !

Et le vacarme de la brosse heurtant les boiseries recommence, et la cire continue à rayer le parquet... Mais, le lendemain matin, 19 janvier, c'est un autre bruit qu'on entend. Le fracas de la canonnade augmente, semble se rapprocher et, à plusieurs reprises, le crépitement de la fusillade arrive à nos oreilles. Une bataille est engagée non loin de nous, une bataille terrible, sans doute.

— C'est probablement la grande sortie, dit ma sœur.

Toute la journée, nous attendons, anxieux.

La lutte continue, sans interruption ; on dirait, au bruit des détonations qui devient plus clair d'heure en heure, que les Français gagnent du terrain. On dit déjà qu'ils sont vainqueurs, qu'ils ont enlevé les redoutes de Montretout, qu'ils marchent sur Versailles par Vaucresson, que Guillaume et Bismark se sont sauvés à Saint-Germain...

Oui, ils sont vainqueurs ! Des trompettes à cheval parcourent la ville en sonnant l'alarme ; la cavalerie et l'artillerie prussienne défilent au grand trot, les régiments d'infanterie se succèdent sur la route de Saint-Cloud...

Le soir vient, que la bataille dure encore. Les réserves allemandes sont massées, l'arme au pied, dans les avenues. Demain, sans doute, les Français entreront à Versailles. Les Prussiens se sentent perdus. Dans sa rage, la landwehr de la garde a envahi de force les maisons du boulevard de la Reine et les a dévastées...

Mais il fait jour, et nous attendons en vain le pétillement de la mousqueterie ; nous n'entendons que la grosse voix des canons allemands qui, régulièrement, lancent leurs obus sur Paris. Et puis, des fanfares éclatent, des

musiques qui jouent des marches triomphales ;
ce sont les Prussiens qui reviennent, chantant
à pleins poumons, traînant derrière eux des
Français prisonniers.

— Maintenant, Paris doit se rendre, nous
dit en rentrant chez nous un officier de dragons
bleus que nous logeons depuis quelques jours.

Et nous comprenons que le dragon ne ment
pas, que la chute de la capitale n'est plus
qu'une affaire d'heures. Coup sur coup, l'ennemi
nous apprend qu'une insurrection terrible a
éclaté à Paris, le 22, que les Français ont été
battus à Saint-Quentin et que l'armée de l'Est
est en déroute. Nous sommes résignés à tout.
Et, lorsque la nouvelle de la capitulation se
répand dans Versailles, le 26, elle nous laisse
presque insensibles.

Depuis quatre mois nous vivons complètement isolés, sans communications avec la
province et avec Paris, sans nouvelles préci-
ses même des opérations qui ont lieu tout à côté
de nous. Nous avons d'abord espéré, puis
attendu la délivrance ; mais, peu à peu, le
découragement nous a abattus, la démoralisa-
tion nous a gangrenés et affaiblis. Une torpeur

insurmontable, un engourdissement invincible
nous ont saisis, nous ont rendus incapables du
moindre effort, de toute résolution, et nous
nous sommes trouvés, un beau jour, beaucoup
plus Prussiens que Français. Il fallait un coup
de tonnerre, un événement imprévu, comme
la sortie du 19 janvier, pour nous tirer de
notre léthargie, pour produire chez nous une
surexcitation factice. Et lorsque les Allemands
revenaient vainqueurs, lorsque notre espoir
se trouvait déçu, nous nous assoupissions, de
nouveau, avec accablement, en attendant la
chute finale.

Moi, je l'ai souhaitée, cette chute, je l'ai dé-
sirée ardemment. J'étouffe, je me sens empoi-
sonné peu à peu par l'air vicié que je respire
depuis de longs mois. Sous l'influence du
milieu dans lequel je vis, je sens ma conscience
s'endormir, mon esprit se paralyser ; je veux
en sortir, en sortir à tout prix, de ce milieu que
je hais. Je ne veux pas grandir dans l'étouffante
atmosphère familiale, comme les plantes qu'on
fait pousser dans les serres chaudes où montent
des vapeurs malsaines, et qui s'étiolent lorsqu'on leur fait voir le soleil. Je veux grandir à l'air
libre. Je ne veux pas vivoter. Je veux vivre.

Oh ! que je voudrais être un homme ! Tous
les jours...

Ce matin, encore ! Les deux Alsaciens,
Hermann et Müller, sont arrivés devant la
porte du chantier avec des voitures remplies
de meubles. Ils ont demandé à mon père s'il
ne pourrait pas, pendant quelques jours seulement, mettre à l'abri le contenu de leurs
charrettes. Ils ont appris, disent-ils, que les
Prussiens ont résolu d'incendier Saint-Cloud
et, immédiatement, ils ont entrepris de démé-
nager les choses les plus précieuses — pour
les rendre plus tard à leurs propriétaires.

— Nous nous zommes téfoués bour saufer
ze que nous afons bu, a sangloté Müller.

Et Hermann a ajouté :

— Bour guelgues chours zeulement, monsieur Parpier ?

Mon père a hésité et je l'ai entendu qui
disait tout bas à ma sœur :

— Ce sont des filous, tu sais.

Ma sœur a fait un signe de tête affirmatif ;
et, aussitôt, elle s'est approchée d'une des voitures.

— Mais c'est une commode Louis XV que

vous avez là? Et une horloge de Boule? Et
une glace de Venise.

— Foui, matemoiselle, a répondu Müller.
Tes obchets brézieux. Et si matemoiselle feut
nous vaire l'honneur te les agzebder en soufe-
nir te regonnaizzanze, nous zerons fraiment
pien honorés.

Ma sœur a rougi — très légèrement —
mais elle a accepté. On a rangé les meubles
sous un hangar.

Et, ce soir, nous apprenons que les Allemands
ont mis le feu à Saint-Cloud et que la ville
entière est en flammes...

Oh ! que je voudrais être un homme !

XXII

Jules est revenu. Il est revenu sans nous prévenir, profitant de l'armistice, au moment où
nous l'attendions le moins. Et ma sœur, en l'a-
percevant, a pâli et poussé un cri comme si
elle avait marché sur un crapaud. Il est revenu chargé de vivres — il croyait Versailles
dénué de tout. — Il a apporté avec lui un pain
de sucre, une dizaine de livres de chocolat,
du café, du thé, du vermicelle, un tas de
choses qu'il a trimballées tout le long de la
route stratégique n° 15 — une route horriblement longue que son sauf-conduit l'obligeait à
suivre, à pied. — Il ne m'a même pas oublié,
l'excellent garçon; il me donne un beau livre,
un beau livre doré, que Léon a absolument
voulu m'envoyer.

— Et Léon, comment va-t-il? Et mademoiselle Gâteclair, a-t-elle beaucoup souffert, pen-

dant le siège? Vous ne saviez donc rien de Versailles?

Des masses de questions auxquelles Jules répond de son mieux. Il n'a pas beaucoup changé; il a un peu maigri, seulement.

— Ah! nous étions si inquiets! si inquiets! fait Louise en joignant les mains et en prenant sa figure de fausse madone. Nous avons bien souvent pensé à vous, allez!

C'est dégoûtant. Pas une fois — pas une seule fois — je ne lui ai entendu prononcer le nom de son fiancé.

— Et les affaires? demande mon père. Ça ne va pas fort, hein?

— Oh! non, pas fort, répond Jules, pas fort du tout.

Et il nous apprend que la maison Cahier et Cᶦᵉ, comme beaucoup d'autres maisons de la capitale, a reçu une rude atteinte. On sera obligé d'y mettre du sien, de tous les côtés. Ainsi, il a accepté, lui, une diminution de plus de moitié sur ses appointements.

— Je ne pouvais pas faire autrement, vous comprenez. Il m'est impossible d'abandonner une maison à laquelle je suis aussi attaché; ça durera ce que ça durera; pas longtemps, espé-

17.

rons-le. Et puis, je crois qu'il y a là-dedans une question de patriotisme. Si tout le monde jetait le manche après la cognée...

— Oh! évidemment, dit mon père.

Mais il me semble qu'il vient de faire la grimace, et Louise, j'en suis sûr, a esquissé une petite moue que je connais très bien : sa moue de déception. Ah! ma cocotte! ils sont loin, tes dix-huit mille francs! Tu peux courir après.

> Rage, rage, rage,
> Tu mangeras du cirage...

Jules a dîné avec nous, naturellement.

— Hein! Ça fait plaisir, de manger du pain blanc! lui dit mon père.

Et la viande fraîche, et les légumes verts, voilà ce qui lui fait plaisir! Ce qui devrait lui fait plaisir, tout au moins. Mais Jules ne connait pas son bonheur. Il n'a pas l'air très joyeux. Souffre-t-il du peu de sympathie que nous semblons lui témoigner, de notre manque de démonstrations amicales, de laisser-aller? Le plaisir de manger du pain blanc ne lui suf- fit-il pas? Le fait est que, malgré ses efforts pour paraître gai, il est morose.

— J'aurais dû vous prévenir de mon arrivée,
dit-il à la fin du repas. Quand on n'attend pas
les gens, on est tellement surpris...

— Oui, oui, dit Louise. L'émotion, le plaisir...

— Mais que voulez-vous? Les communications sont encore si difficiles ! Et, à vrai dire,
je n'y ai même pas pensé. J'avais si grande
envie de vous voir...

Jules est parti le lendemain matin. Son sauf-
conduit n'était valable que pour quarante-huit
heures, jours d'arrivée et de départ compris.
Nous l'avons accompagné jusqu'à la porte de
la ville. Louise, en le quittant, s'est contentée
de lui tendre la main. Il avait l'air très triste.

— Espérons que nous nous reverrons avant
peu, a dit mon père. Tout fait présumer que
les hostilités ne seront pas reprises et qu'on
va signer la paix.

— C'est plus que probable, a répondu
Jules. Aussi, à bientôt.

Il est probable, en effet, que la paix va être
signée. En attendant, l'article 2 de la convention conclue entre Jules Favre et Bismarck

rend la France à elle-même. Les élections ont
lieu sous la direction du maire de Versailles
chargé des fonctions du préfet. Le département de Seine-et-Oise a élu Thiers, Jules
Favre et Gambetta. Mon père a voté pour Jules
Favre.

Il ne sait pas pourquoi.

M. Legros a voté pour Thiers et il sait pourquoi. C'est pour pouvoir faire un calembour.
Le marchand de vins du coin a voté pour
Gambetta et M. Legros répète toute la journée, en riant :

— Les marchands de vin aiment Gambetta
et les marchands de tabac, Thiers.

L'assemblée ainsi élue doit discuter les pré-
liminaires de la paix. Pour baser la demande
d'indemnité qu'ils doivent présenter à la
France, les Prussiens font le calcul des dé-
penses auxquelles ils ont été entraînés pour
soutenir la guerre. Ils y ajoutent le montant
des contributions et réquisitions de toute
nature dont l'Allemagne a été victime, de 1792
à 1815.

— Le compte de la Prusse seule, m'a dit le
père Merlin, s'élève à six milliards.

— Six milliards !

— Pas un sou de moins. Nous payons les
dettes du premier Empire, mon ami, en même
temps que celles du second. Et remarque bien
que si les Allemands, maintenant, en pleine
trêve, frappent les départements occupés par
eux d'énormes contributions de guerre, remarque bien que s'ils agissent ainsi contre
tout droit, ils s'appuient sur des précédents.
Ils peuvent opposer à nos réclamations, comme
ils le font, du reste, des actes semblables accomplis en Europe, et particulièrement en
Prusse, par Napoléon le Grand... Ah ! c'est
beau, la guerre...

Oh ! oui, c'est beau !

Mon père m'a emmené avec lui, l'autre jour,
visiter les environs, les points qui dominent
Paris, les endroits où les Prussiens avaient établi leurs batteries, où ont eu lieu des combats.
Nous traversons Garches qui n'est plus
qu'un monceau de ruines, le parc de Saint-
Cloud, sinistre. Le squelette du château, noirci
par les flammes, est effrayant. Les murailles
percées à jour sont encore debout : de grandes
crevasses les fendent du haut en bas ; le toit

et les planchers se sont effondrés en emplissant
de décombres des salles où tremblotent des
lambeaux de tapisserie, où l'on entrevoit des
morceaux de bas-reliefs, des débris d'orne-
ments. Les branches d'un lustre émergent
d'un tas de plâtras. Une corniche énorme est
tombée tout d'une pièce devant une porte
dont les gonds en fer sont tordus. Des fenêtres
ne sont plus que des ouvertures sans forme,
dont la bordure de pierre, mangée par le feu,
s'effrite ; et d'autres, intactes, ont conservé
leurs barres d'appui et leurs persiennes qui claquent au vent. A un mur tendu de bleu, au
dernier étage, un tableau est accroché dans
son cadre d'or, au-dessus d'une cheminée qui
branle.

Il y a des allées du parc qui sont pleines de
tombes. Des tombes sans croix qui ont l'air
de morceaux de bourrelets posés sur le gazon
des tapis verts. De grands arbres coupés au
pied se sont abattus avec leurs branches en
mutilant des statues. Des retranchements sont
élevés partout, des épaulements, des palissades,
des chevaux de frise ; et, derrière les balus-
trades des terrasses, des rails de chemin de
fer ont été entassés les uns sur les autres. Des

allées nouvelles ont été ouvertes avec la hache
pour livrer passage aux obus.

Partout la mort, la dévastation. Saint-Cloud
est presque complètement brûlé. Les murs
des maisons restées debout sont percés de
meurtrières et garnis de créneaux, des tranchées sont creusées dans les jardins et des arbres
fruitiers ont été coupés par le milieu et aigui-
sés comme des piques pour hérisser les abords
des retranchements. Des barricades ont été
élevées avec des meubles, des charrettes, des
voitures de ferme, des charrues. Les ponts ont
sauté. A Sèvres, dans le quartier qui avoisine la
Seine, les maisons sont éventrées par les
bombes. Et, comme nous passons, des soldats
vendent publiquement aux enchères les meubles des habitations désertes : il y a là des
convoyeurs prussiens qui ont arrêté leurs
fourgons chargés d'objets volés, — et des bro-
canteurs français.

Ah! oui, c'est beau ; ça fait partie du pro-
gramme de la guerre, tout ça. Et ce qui
en fait partie, aussi, c'est l'entrée de l'armée victorieuse dans la capitale ennemie.
Les Allemands ne l'ont pas oublié. Nous
avons appris, le 25 février, qu'ils doivent

faire prochainement leur entrée triomphale
à Paris.

Ils partent pour ce triomphe, en effet, le 2 mars,
musique en tête, tout fiers d'effacer ainsi la honte
de l'entrée de Napoléon à Berlin, après Iéna.

—Maintenant, dit le père Merlin, la France
n'a plus qu'une chose à faire : c'est de chercher un nouveau Napoléon. Et tu verras qu'elle
ne mettra pas longtemps pour le trouver... Il
n'a pas besoin d'être en vrai. Il peut être en
toc. Ça ne fait rien.

Le 5 mars, nous voyons entrer chez nous
Mme Arnal appuyée au bras de son mari. M. Arnal a obtenu, lui aussi, un sauf-conduit qui lui
permet de passer quarante-huit heures à Versailles.

— Dire qu'on n'a pas encore signé la paix !
s'écrie Mme Arnal en frappant du pied. Quand
on pense que tu es obligé de retourner à Paris,
mon gros chien-chien !

Et sans se gêner, devant nous, ma foi, elle
saute au cou de son mari.

— Pauvre mignonne, dit M. Arnal très ému,
en se débarrassant de l'étreinte conjugale,
comme tu as dû t'ennuyer ! surtout dans la

compagnie d'un éclopé, en tête à tête avec un malade !...

— Oh ! Adolphe ! Tu ne t'en fais pas une idée ! Les jours, ça passait encore, mais les nuits, les nuits !... Et ces idées qu'on se fait... ces... idées... quand on n'a pas de nouvelles...

— Ah ! ma foi, assure M. Arnal, je n'ai pas ri tout le temps, moi non plus. Mais, maintenant... Oh ! à propos, j'avais oublié ; il faut que je vous montre...

— Quoi donc? demande mon père.

M. Arnal sort de la poche de son gilet un papier plié en huit, le déplie avec soin et nous le tend, triomphant. C'est une caricature représentant un gamin de Paris brûlant du sucre, sur une pelle rouge, derrière le dos des Prussiens qui s'en vont, dans l'avenue des Champs-Elysées.

— Hein? qu'est-ce que vous en dites ?... C'est fameux !

XXIII

Nous sommes redevenus Français. Les Allemands doivent demeurer encore quelque
temps sur la rive droite de la Seine,
mais Versailles est débarrassé de leur
présence. Les communications sont rétablies.
Mon père en a profité pour aller à Paris —
d'où il est revenu songeur.

Une conversation qu'il a eue, le soir, avec
Louise, m'a mis au courant de ses perplexités. Il
paraît que la situation de notre chantier de la
rue Saint-Jacques n'est point bonne, mais que
celle du chantier des *Grands Hommes* est
déplorable.

— Ah ! dit mon père, il y aurait là une
affaire magnifique... Le propriétaire des *Grands
Hommes* est à bout de ressources... Il n'a pas
gagné d'argent pendant la guerre, lui... Avec
quelques billets de mille francs... Hein ? vois-
tu ça d'ici, Louise ? acheter les *Grands Hommes*,

ne faire des deux établissements qu'un seul...
un seul, énorme, colossal... réserver une
large place à la menuiserie ; et, qui sait ? peut-
être entreprendre la fabrication des meubles...
faire concurrence au Vieux Chêne, Vois-tu ça
d'ici, hein ?...

Et il renfourche son dada, se laisse travailler sans relâche par son idée fixe. Oui, quelques
billets de mille francs ! Ah ! si cette vieille
canaille de père Toussaint n'avait pas mis la
main sur le magot de la tante Moreau ! Si l'on
avait pu prévoir !...

— Ah ! le vieux gredin ! la vieille crapule !
le vieux voleur ! Dépouiller ses petits enfants !
Les mettre sur la paille ! Leur enlever le pain
de la bouche !... Et vous verrez qu'il ne crèvera
pas, le vieux chenapan, qu'il ne nous débarras-
sera pas de sa carcasse !... Vous verrez ça..
Crapule, va !...

Mon père ne dérage pas. Quelquefois il passe
sa colère sur moi.

— C'est toi qui es cause de tout. Si tu
avais été moins bête ! Ah ! je t'apprendrai à
faire l'imbécile, idiot !

Pour éviter les discussions, je reste peu chez

nous. Je vais voir Léon et Mlle Gâteclair qui viennent d'arriver à Versailles.

C'est drôle, Léon est convaincu que les Français ont été vainqueurs. Je ne sais pas comment il s'arrange, mais c'est comme ça. Il admet bien qu'en définitive nous sommes battus, mais battus sans l'être, battus avec le beau rôle, battus pour la forme. Il prétend qu'au fond, en poussant jusqu'au bout l'examen des faits, en approfondissant la question, il est impossible de douter de notre succès définitif. C'est un succès moral, ce succès-là ; mais enfin c'est un succès — et le plus grand.

— Crois-tu, par exemple, me demande-t-il, que Paris en deuil, silencieux et digne, assistant avec une hauteur méprisante à l'entrée des Prussiens, n'a pas remporté sur l'ennemi une grande victoire morale ?

Je n'en sais rien.

— Et puis, vois-tu, continue Léon, dans cette guerre, nous nous sommes conduits autrement que les Prussiens. Ils ont agi en barbares, et nous en chevaliers. Ah ! si nous n'avions pas été trahis !... Tiens ! regarde ce morceau de pain noir que nous avons fait encadrer. Regarde-

le, et dis-moi si une population qui se résigne
à en faire son unique nourriture pendant de
longs mois, n'est pas une population héroïque.
Trouve-moi beaucoup de villes capables de faire
ce qu'a fait Paris !

Je crois qu'on en trouverait pas mal. Léon
a évidemment une aptitude toute spéciale à
expliquer et à justifier nos revers.

— C'est que je suis un bon Français, un patriote !

Je m'en doutais.

Là-dessus, il me fait voir une quantité de
dessins et de gravures qu'il a rapportés de Paris,
des chromolithographies représentant l'Alsace
et la Lorraine en deuil, avec une fleur tricolore
dans les cheveux, la France prise à la gorge par
un Prussien ivre qui tient une torche à la main ;
et, enfin, il déroule une grande image, enlumi-
née de couleurs criardes, où l'on voit trois dames
habillées, la première en bleu, la seconde en
blanc, la troisième en rouge, qui passent, la
tête haute, devant un groupe d'officiers allemands, verts de rage. C'est intitulé : « A Metz.
Quand même ! »

— Jamais les Prussiens n'auront le cœur de
l'Alsace, dit Léon.

Mais il se souvient qu'on vient de faire une
chanson là-dessus. Et il ouvre de beaux livres,
dorés sur tranche, à couvertures multicolores,
qui tous parlent de la guerre. Tous, ils exal-
tent les actions héroïques des Français; ils célè-
brent leur bravoure, ils chantent leur grandeur
d'âme, et, comme intermède, ravalent les Allemands et les dénigrent sur tous les tons. Ils sont
illustrés, ces livres-là; et les gravures qu'ils
renferment vous font assister à la défense de
Belfort, de Bitche, à la bataille de Coulmiers, au
combat de Bapaume, aux charges des dragons
de Gravelotte, des cuirassiers de Reischoffen...

— Trouve-moi des faits pareils à l'actif des
Prussiens, me dit Léon. Trouves-en et tu me les
apporteras.

— Oui, je te les apporterai.

Je ne peux pas, malheureusement. Brusquement on me défend de continuer à fréquenter
Léon. On prétend que sa société m'est nuisible,
qu'il fume, qu'on l'a rencontré dans la rue la ciga-
rette à la bouche : des prétextes qui n'en sont
pas. La bonne, que j'interroge, m'apprend que
Jules est venu à la maison dans la journée et qu'il
a tenu avec mon père une longue conversation.

Il est parti avec une figure longue comme ça.

— Mon pauvre monsieur Jean, je crois que vous n'irez pas à la noce cette année.

Que s'est-il passé? Je le demande au père Merlin qui se contente de hausser les épaules en esquissant le geste qu'on fait pour compter des pièces de cent sous.

— Pauvre Jules !

— Comment ! dit le vieux, tu le plains ? Je croyais que tu lui portais beaucoup d'intérêt, pourtant.

Je ris, pendant que le père Merlin me fait signe de m'asseoir.

— Mon enfant, je dois t'annoncer que mes démarches auprès de ton père ont abouti. Je suis parvenu à lui faire comprendre qu'il était dans ton intérêt d'aller passer quelque temps dans un établissement scolaire. Aussitôt que la tranquillité sera complètement rétablie, on t'enverra à Paris, dans un lycée, pour continuer tes études. Ce n'est pas gai, un collège. C'est, pour beaucoup, une prison. Ce ne sera pas gai pour toi non plus, sans doute ; mais tu m'as dit toi-même que tu aimais mieux vivre entre les quatre murs d'un bâtiment noir que dans un milieu que tu exècres... Tu travailleras.

Le travail fait passer le temps... fait passer
bien des choses. Tu grandiras vite ; et, plus
tard, ma foi... plus tard, comme je n'ai pas
d'enfant... comme j'ai eu le malheur de perdre
mes enfants... eh ! bien, nous verrons... je serai
toujours là, tu sais.

Très ému, je serre les mains du vieillard.

— Quand croyez-vous qu'on rouvrira les
lycées, monsieur Merlin ?

— Bientôt, probablement.

C'est aussi l'opinion de M. Beaudrain. Nous
venons de recevoir une lettre de lui. Il nous
apprend qu'il va revenir « dans nos murs »
très prochainement. Il nous explique aussi de
quelle façon il a passé le temps, dans son exil.
Il a fait des vers : une pièce de vers qu'il adresse
à Gambetta, le coryphée de la guerre à outrance.
M. Beaudrain nous laisse entendre que c'est
peut-être un moyen très habile d'obtenir les
palmes d'officier d'académie. Pourtant, il se
trouve fort embarrassé ; il n'a pas tout à fait
terminé sa pièce.

« Les derniers vers, dit-il, me donnent beaucoup de mal. Je me suis arrêté à ce distique :

Tu compris...

« (Je tutoie M. Gambetta, mais c'est une chose permise en poésie. Voyez notre maître Boileau.)

Tu compris qu'il fallait élever notre cœur
Et, si l'on succombait, tomber, *non sans grandeur*.

« C'est précisément ce : *non sans grandeur* qui cause mon tourment. Il me semble faible, point assez expressif. J'avais d'abord mis : *avec honneur*. Mais je crois avoir déjà lu cette fin d'alexandrin quelque part. J'ai dépouillé, il est vrai, sans la rencontrer, plusieurs recueils de poésies, mais je ne suis pas encore complètement rassuré. Un auteur qui se respecte doit redouter avant tout une accusation de plagiat. Réflexion faite, je laisserai peut-être : *non sans grandeur*. Et pourtant... »

Espérons qu'il se décidera.

— Si M. Beaudrain revient, dit mon père en fermant la lettre, c'est que nous n'avons plus rien à craindre.

Je le crois aussi.

Mais, tout à coup, le soir du 18 mars, le bruit se répand dans la ville qu'une insurrection terrible vient d'éclater à Paris.

XXIV

Versaille offre depuis quelques jours un spectacle étrange. Ainsi que le péristyle d'un théâtre, désert et silencieux pendant la représentation de la pièce, se remplit de spectateurs bruyants aussitôt que le rideau a caché la scène, la ville du Grand Roi, si taciturne et si triste, a vu tout à coup envahir ses rues et ses boulevards tranquilles par l'agitation apeurée d'un peuple en fièvre. Autour de l'Assemblée qui siège dans le château sont venus se masser les émigrés de Paris fuyant devant la Commune. Deux cent mille réfugiés, appartenant à toutes les classes de la société, sont accourus s'abriter derrière les baïonnettes des soldats qu'on fait revenir d'Allemagne et qu'on se hâte d'armer et de former en régiments pour combattre l'insurrection.

Les troupes qui se sont échappées de Paris, les gendarmes, les sergents de ville qui ont

entouré leurs képis d'un manchon blanc, les
prisonniers sortis des forteresses de la Prusse
et qui arrivent par grandes masses, sont campés
sur les avenues, sur les places, au camp de
Satory. Les opérations sont commencées, déjà.
Thiers n'a pas voulu perdre de temps. Et les
jeunes élégants, les fonctionnaires, les cocottes
et les femmes du monde qui paradent dans
les rues en toilettes de deuil, peuvent aller, le
soir, en sortant du théâtres où des acteurs
illustres jouent des vaudevilles célèbres, entendre les canons français cracher leurs obus
sur la grande ville où flotte le drapeau rouge.

Les émigrés se sont casés où ils ont pu,
dans les hôtels et dans les maisons, dans les
greniers et dans les caves. Nous en logeons
deux, chez nous : M. de Folbert — un fonctionnaire, un chef de bureau au ministère des fi-
nances — et sa mère.

M. de Folbert est tout petit ; haut comme
Tom Pouce à genoux. Il a une mine de pain
d'épice et des attitudes de pantin. Quand il
fait un geste, on dirait qu'un impresario, caché derrière lui, vient de tirer une ficelle. J'y
ai été pris, dans les premiers temps. Mais il n'y
a rien, derrière M. de Folbert, — rien que

les deux boutons d'une redingote sanglée sur
sa poitrine de bambin et qui cache ses genoux cagneux. — Il doit y avoir aussi un fond
de culotte lustré par l'abus des ronds de cuir,
mais la redingote le voile. Je ne l'ai pas vu.

M. de Folbert est très solennel. Lorsqu'il
parle, il se tient raide comme un manche à
balai ; son cou s'allonge, ses yeux tournent,
ses petites épaules remontent. Elles sont si
étroites que j'ai toujours peur d'en voir passer
un morceau par l'échancrure du faux-col. En
politique, il est modéré comme une lampe car-
cel remontée par une main circonspecte. Il s'exprime en phrases officielles :

— La hiérarchie... les préopinants... les
statuts organiques... la prépondérance admi-
nistrative de l'Etat..

Il est très poli. Il dit :

— Voudriez-vous être assez aimable pour
avoir l'extrême obligeance de me faire parvenir la salière ?

Il me fait suer.

Sa mère est une vieille personne solennelle,
à figure longue, pâle, pâle — couleur de riz
au lait. — Elle a des anglaises.

Mon père professe une admiration sans bornes pour son locataire.

— Une intelligence hors ligne. Un homme d'avenir. Il ira loin.

Sans échasses ? Peut-être bien. M. de Folbert a un oncle député, un oncle à héritage, s'il vous plaît, et très populaire dans sa circonscription ; cet oncle, fatigué de la vie politique, n'attend qu'un signe du neveu pour lui céder son siège à la Chambre.

— Quel avenir ! répète mon père émerveillé.

Depuis qu'elle a entendu parler de la succession politique et financière, Louise fait les yeux doux au chef de bureau ; elle lui lance même de temps en temps, à la dérobée, de petits coups d'œil américains. Est-ce que ma sœur aurait l'idée ?... Eh ! eh ! pourquoi pas ?... Madame *de*, ça fait bien. Madame *de*... Tout le monde ne s'appelle pas madame *de*. Et puis, elle serait dépu... Dit-on *députée* ou *députète ?*

Le fait est que M. de Folbert a le bras long — au figuré. — Il a fait obtenir à mon père la construction d'une énorme ambulance en bois, dans le grand terrain vague qu'on voit des fenêtres du père Merlin, et où les Prussiens

18.

avaient établi un dépôt de charbons. Mon père pousse le plus possible les travaux de cette ambulance — qui doit lui rapporter gros. — Une chose, pourtant, le désole ; c'est de ne pas pouvoir employer des piles entières de planches pourries qui moisissent dans le chantier de la rue Saint-Jacques.

— Ç'aurait été si facile de placer ça ici. Ça aurait passé comme une lettre à la poste. De belles planches toutes neuves!... Est-ce assez malheureux !

Il a une peur, aussi : c'est que la Commune ne dure pas assez pour qu'il ait le temps d'achever sa construction.

— C'est qu'on me ferait une réduction sur le prix convenu... Pourvu que les communards se défendent encore un mois !..

Mais, bientôt, une crainte encore plus terrible le saisit.

Germaine est venue nous voir, en cachette — Elle a appris à mon père que le père Toussaint, depuis le départ des Allemands, mène une vie de polichinelle.

— Et, depuis que les femmes de Paris sont venues ici, depuis qu'il y a des cocottes dans la ville, il ne se contente pas d'aller les voir.

Il les amène au Pavillon, où il s'est installé.

— Quelle honte ! s'écrie Louise.

— Et vous verrez, continue Germaine, vous verrez que ça finira mal. Je fais ce que je peux pour le retenir, mais, bernique... Oh ! il lui arrivera malheur, pour sûr !... Un homme sanguin et fort comme lui... Car, c'est un vrai taureau, vous savez, malgré son âge. Il se met dans des états, je ne vous dis que ça ! Et c'est toujours après déjeuner ou après dîner, quand il s'est empiffré de nourriture, qu'il...

Mon père interrompt brutalement Germaine.

— Laissez-nous tranquille avec ça ! Ne nous racontez pas ces ignominies. Respectez les autres, si vous ne vous respectez pas.

— Ce que j'en disais, reprend la bonne, c'était pour vous montrer que vous devriez lui faire un peu de morale. Je ne sais pas ce que vous avez ensemble, mais, en qualité de parent.....

— Je ne veux pas le voir en peinture, entendez-vous ? votre vieux grigou ! Et je vous défends de m'en parler. D'abord, je ne sais pas pourquoi vous venez ici.

— Pour votre bien, monsieur, pour sûr.

Et elle revient, pour notre bien, à peu près
tous les trois jours.

La dernière fois, elle a pris mon père à part
et mon père, au lieu de l'éconduire, l'a en-
traînée dans la salle à manger où il l'a écoutée
longtemps. Quand il est sorti, il était blanc
comme un linge.

Je sais, à présent, ce que lui a appris Germaine. Le père Toussaint a amené au Pavillon
une femme avec laquelle il vit maritalement
et à qui il a promis le mariage ; et la dame,
en attendant, fait défiler ses amis et connais-
sances dans la maison où est morte la tante
Moreau et où ont lieu, maintenant, des orgies
à faire rougir un templier. Mon père a appris
autre chose encore ; il a été mis au courant
des bruits qui courent à Moussy sur le compte
de mon grand-père.

Les premiers jours, il a réussi à se contenir.
Mais, à présent, sa colère éclate à chaque instant en imprécations terribles :

— Le vieux cochon ! Le vieux traître ! Un
bandit qui mérite la mort dix fois pour une !
Ah ! si l'on disait ce qu'on sait ! Si l'on disait
ce qu'on sait !

Ma sœur, qui s'aperçoit de l'effet déplorable
que produisent ces emportements sur les nerfs
sensibles de Mme de Folbert et de son fils,
essaye de calmer mon père. Elle n'y réussit
pas pour longtemps.

— Ah ! si l'on disait ce qu'on sait ! Dire
qu'il ne tiendrait qu'à moi de le faire fusiller !

Il répète ça, du matin au soir, au grand
ennui des locataires qui commencent à se
scandaliser. Rien ne peut le distraire de ses
idées de vengeance, rien, ni l'achèvement de
l'ambulance — qu'on va démolir, car on s'est
aperçu en haut lieu qu'elle ne pouvait rendre
aucun service, — ni la prise de Paris, le 22 mai,
ni l'arrivée des bandes de prisonniers que l'on
traîne à Versailles.

— Vous devriez pourtant bien aller les
voir, Barbier, dit M. Legros. Je vous assure
que ça en vaut la peine. Si vous saviez comme
on les arrange ! Ah ! les canailles ! Et ils ne
répliquent pas, je vous assure ! On les échar-
perait sur place, sans les soldats de l'escorte !

Moi, j'ai été les voir, une fois. Je suis
arrivé au bout de la rue Saint-Pierre comme
une colonne de ces malheureux passait sur

l'avenue de Paris, entre deux files de cavaliers. Des hommes en uniformes de gardes
nationaux, en habits civils, en haillons, blessés,
éclopés, portant au front la colère de la défaite
et le désespoir de la cause perdue, s'avançaient
farouches, la tête haute, avec la vision de la
mort. La foule les huait. Des bourgeois, la
face éclairée par la satisfaction immonde de
la vengeance basse, levaient sur eux leurs
cannes, passaient entre les chevaux des soldats
pour cracher au visage des vaincus. Derrière,
venaient des femmes, toutes têtes nues ; des
femmes du peuple, portant la jupe d'indienne,
le tablier bleu, d'autres habillées de riches
costumes. On leur avait enlevé leurs ombrelles,
à celles-là, leurs ombrelles qui auraient pu les
garantir du soleil, et qu'un dragon avait accro-
chées à sa selle. Elles se hâtaient, les pauvres,
faisant de grands pas pour suivre la colonne,
pendant que les injures et les coups pleuvaient
sur elles, pendant que des messieurs très bien
leur jetaient des insultes sans nom, que des
dames du monde leur lançaient des pierres.

Je me suis sauvé, écœuré, et j'ai regardé
longtemps, le soir, le ciel tout rouge, sanglant,
du côté de Paris, où la bataille continue.

Car la Commune ne veut pas se rendre, elle
veut résister jusqu'à la mort, et l'on annonce
que ses soldats, en se repliant devant l'armée
versaillaise, pétrolent la ville et l'incendient.

Mon père est désolé. Il se souvient qu'il n'a
pas renouvelé la police d'assurances du chantier de la rue Saint-Jacques ; il sait que les
communards occupent encore le quartier, et il
attend, dans les transes.

Un matin, on sonne. C'est le facteur. Mon
père va lui ouvrir et revient, en tenant une
lettre à la main, rejoindre ma sœur et Mme de
Folbert assises sur un banc du jardin. Il déchire l'enveloppe, mais, au moment d'ouvrir
la lettre, il est pris d'un tel tremblement nerveux qu'il est forcé de la passer à ma sœur.

— Tiens, lis... C'est de Paris...

Louise commence :

— Monsieur — Tout est sauvé...

— Hein ? fait mon père. Tu dis ?...

— « Tout est sauvé. Au moment de l'entrée des troupes nous avions pris nos précautions. Nous avions mis en lieu sûr les fonds
et les livres de caisse...

Et elle continue pendant que mon père donne

les preuves de la joie la plus exubérante. Il
-s'est levé et se livre, pendant la lecture, à des
tentatives d'exercices chorégraphiques qu'il
ne mène point toujours à bonne fin. C'est égal,
j'en suis tout étonné. Il a dû danser le cancan
dans sa jeunesse, mon père.

Il s'interrompt tout à coup.

— « Il était grand temps, lit ma sœur, que
les Versaillais parvinssent à percer le mur de
la maison voisine et à se précipiter dans le
chantier. Les insurgés avaient déjà apporté
du pétrole. Ils n'ont pas eu le temps de s'en-
fuir. On en a tué huit sous la porte cochère...

— Huit ! s'écrie mon père. Ah ! tant mieux !

Ce *tant mieux* m'entre dans l'oreille comme
un coup de pistolet. Je n'oublierai jamais ce
cri-là.

Second coup de sonnette. C'est Mme Arnal.
Elle pleure à chaudes larmes.

— Ah ! mes amis, ces canailles-là m'ont tout
brûlé ! Mon Dieu ! Mon Dieu !

Elle se laisse choir sur une chaise pendant
que Louise s'empresse autour d'elle et veut
absolument lui faire faire un choix entre un
flacon de sels et un verre d'eau sucrée.

— Oui... tout brûlé, continue-t-elle... tout perdu...

Et, au bout d'une minute :

— Heureusement que nous étions assurés et que mon mari avait mis en sûreté la plus grande partie des marchandises. Comme ça...

— Vous serez indemnisés, fait mon père avec un geste égoïste.

— Oh ! pour cela, j'y compte bien, s'écrie-t-elle. Et plutôt deux fois qu'une. Il ne manquerait plus que cela !

Et elle se reprend à pleurer.

— Oui ! Tout perdu !... Nos affaires allaient si bien... Et dire qu'il ne me reste plus rien; rien, pas même un mouchoir pour m'essuyer les yeux !...

Prenez le pan de votre chemise, alors.

Et la morale ?

Embêtant !

XXV

En descendant dans la salle à manger, à huit heures, Louise et moi, pour le déjeuner du matin, nous trouvons notre père qui semble nous attendre en se promenant de long en large. Son chapeau et sa canne sont posés sur la table.

— Mes enfants, nous dit-il, j'ai une triste nouvelle à vous apprendre. Votre grand-père est mort.

— Grand-papa Toussaint! s'écrie Louise. Ah! mon Dieu! quel malheur! Quel épouvantable malheur!

Une foule d'exclamations qu'elle glapit, avec des gestes de désespoir. Mais l'accent est faux, le geste exagéré; les inflexions brusques de l'intonation, les soupirs, les contorsions du visage, tout est contrefait, dissonant; et l'agitation outrée qu'affecte ma sœur achève de défigurer le peu d'émotion qu'elle a pu ressentir. La voix de mon père était plus franche. L'effroi que la mort apporte avec elle en assombrissait le ton, mais il ne la mouillait pas, au moins, avec les larmes hypocrites d'un désespoir factice.

— J'ai appris cette nouvelle, continue mon père, hier au soir, vers dix heures, lorsque vous étiez déjà couchés. Je n'ai pas voulu vous en faire part sur-le-champ. Vous n'auriez sans doute pas pu dormir de la nuit...

— Oh ! non... oh ! non... murmure Louise en sanglotant.

— Votre grand-père est mort hier, subitement, d'un coup de sang, à sept heures et demie, après son dîner. Je vais aller à Moussy tout de suite...

Mais Mme de Folbert et son fils font leur entrée, et il faut recommencer pour eux le récit de la mort du grand-père. Ils paraissent profondément affectés. Mme de Folbert déclare que c'est un malheur irréparable.

— Pour les petits-enfants, voyez-vous, rien ne remplace les grands-parents.

C'est aussi l'avis de Louise, car elle continue, dans son coin, à pousser de longs soupirs entrecoupés de sanglots.

Tout d'un coup, je vois M. de Folbert, qui
n'a rien dit jusqu'ici et qui s'est contenté de
secouer la tête de droite à gauche, se lever
avec précaution et s'approcher à petits pas de
la chaise de ma sœur. Il bredouille, tout en avançant, des paroles inintelligibles. Pourtant, en
prêtant l'oreille, on perçoit des bouts de phrases :

— C'est une grande... immense douleur,
pour vous, mademoiselle... J'en prends ma
part, veuillez me faire l'honneur de le croire...
Et si je pouvais, si... j'osais espérer... s'il
m'était permis... si j'étais assez heureux pour
voir des liens plus sérieux... non, plus solides...
non... oui, plus solides que ceux d'une simple
amitié... unir nos deux familles en la... nos
deux familles si honorables... mademoiselle...

Il tend la main, il l'avance, timidement,
prudemment, d'un centimètre par seconde.
Louise se lève, tamponne ses yeux une dernière fois et, avec un énorme soupir, les yeux
au plafond, elle met sa main dans celle du
chef de bureau.

Nous nous sommes levés, nous aussi. Et
Mme de Folbert s'écrie en étendant les bras
comme pour s'assurer qu'il ne pleut pas :

— Soyez heureux, mes enfants !

J'ai déjà vu quelque chose comme ça, dans le temps, avec Jules. Louise avait la même tête. Allons, elle sera dépu... Je ne sais toujours pas comment on féminise ce mot-là. Il faudra que je regarde dans un dictionnaire.

Comme si j'avais le temps de regarder dans les dictionnaires ! Il me faut, toute la journée, faire des courses qui n'en finissent pas : aller chez l'imprimeur pour commander des lettres de deuil, chez le chapelier pour commander des crêpes, chez celui-ci, chez celui-là. Ma sœur aussi se donne beaucoup de mal. Et c'est à peine si elle trouve une minute, le soir, lorsque mon père revient de Moussy, pour lui dire à l'oreille :

— Une bonne journée, hein ?

Oui, une bonne journée pour tous les deux. Mon père cache mal sa joie : ma sœur va faire un mariage magnifique, sa dot est toute trouvée, et le rêve qu'il a fait pendant dix ans est sur le point de se réaliser. Il va pouvoir acheter les *Grands Hommes* et fonder à Paris un établissement important.

Pourtant, brusquement, il devient soucieux. Il se souvient qu'il a trouvé dans les papiers

du grand-père — qui n'a pas laissé de testament
— une note datant de plusieurs années déjà.
Dans cette note le vieux demandait que son
corps fût inhumé à Versailles.

Mon père hésite à exaucer ce désir.

— Des tracas, des dérangements... Comme
s'il ne serait pas aussi bien à Moussy... D'ailleurs, ce papier est vieux. S'il avait eu le temps
de faire un testament, le père Toussaint aurait
probablement changé d'avis...

Malheureusement, il a eu l'imprudence de
divulguer ce détail devant nos locataires, et
ma sœur le supplie d'exécuter les dernières
volontés du vieux.

— Ce n'est pas pour lui que je te le demande;
c'est pour nous. Ça fera mieux, à tous les
points de vue. Ça fera voir que nous n'avons
pas de rancune.

— Pas de rancune... pas de rancune...
gronde mon père.

Pourtant, il finit par se décider. Le grand-
père sera enterré à Versailles.

Il sera enterré à Versailles, mais je n'aurai
pas de vêtements de deuil. Il faudra que je
mette mon costume marron que je n'aime pas,

qui me va mal, qui me donne l'air d'un bonhomme en chocolat. J'ai vainement représenté
à mon père que des habits noirs seraient bien
plus convenables. Car, enfin, un costume marron...

— Ta, ta, ta. Tu le mettras tout de même.
D'abord, le marron, c'est deuil. Et puis, c'est
assez bon.

Et c'est habillé de marron que je suis le
cercueil, depuis l'église de Moussy où l'on a
dit une messe jusqu'à la porte des Chantiers
où les employés de l'octroi visitent la voiture.
Nous trouvons là la plus grande partie des
invités à qui nous avons donné rendez-vous,
pour leur épargner de trop grands dérangements, à l'entrée de la ville : M. et Mme Legros, M. Merlin, M. et Mme Arnal, M. Höffner...

Le Luxembourgeois se place à côté de mon
père, lorsque le convoi se remet en marche.

— J'ai trouvé la lettre de faire part, hier
soir, en rentrant chez moi, et je me suis em-
pressé...

— Trop aimable, vraiment... Mais je n'ai
pas eu le plaisir de vous voir depuis quelque
temps déjà...

M. Höffner nous explique qu'en effet il avait
momentanément quitté Versailles. Il est resté
à Paris pendant la Commune. Il a même profité de la circonstance pour rendre quelques
services au gouvernement. Il a fourni des renseignements — des renseignements précieux
— à ses risques et périls. Le gouvernement,
il convient de le dire, ne s'est point montré
ingrat. M. Höffner a .été récompensé, il le déclare lui-même, bien au delà de ses mérites.
Et, de plus, il va être l'objet d'une distinction
des plus flatteuses : on va lui donner la croix
d'honneur.

— En vérité? fait mon père. Mes compliments, mes compliments... Et vos amis, à propos, vos amis... messieurs Hermann et Müller... que sont-ils devenus ? Ils ont enlevé leurs
meubles de mes hangars, l'autre jour, mais
j'étais absent, justement, et je n'ai pu leur
parler. Sont-ils retournés à Saint-Cloud?
Reprennent-ils leur commerce.

— Non, non. Ils avaient l'intention de s'é-
tablir à Versailles, mais on leur a offert un
emploi, et, ma foi! ils ont accepté. Ils ont
vendu... rendu, c'est-à-dire, rendu — je veux
dire rendu — tous les meubles qu'ils avaient

apportés de Saint-Cloud. Ils les ont rendus à leurs propriétaires. Et maintenant, ils occupent une jolie position, à la Présidence.

— A la Présidence ! Ah ! bah ! Ah ! bah !...

— Oh ! on leur devait bien cela. Des Alsaciens ! Des enfants de ces malheureuses provinces sacrifiées... Les Alsaciens avant tout ! Voilà le mot d'ordre, aujourd'hui... Et c'est justice...

— Je crois bien !...

Nous arrivons au cimetière. L'inhumation a lieu rapidement. Et, de toutes les larmes qui se répandent sur la tombe du vieillard, ce sont peut-être celles que je verse qui sont encore les plus sincères...

La cérémonie est terminée ; les fossoyeurs achèvent de combler la fosse. On se sépare à la porte du cimetière. Ma sœur, les yeux tout rouges, rentre en voiture à la maison avec Mme de Folbert et son fils. Moi, je suis mon père qui se rend à pied chez l'imprimeur dont il veut acquitter la facture. Le père Merlin nous accompagne.

Mon père semble déchargé d'un grand

poids. Les idées funèbres ne le tourmentent
pas. Il parle de choses quelconques, de la
pluie et du beau temps, et enfin, de politique.

— Oui, nous avions raison de ne pas désespérer, pendant la guerre. Nous avons été battus, c'est vrai, mais nous nous relevons dans
la guerre civile. Non, la patrie n'est pas morte !
Elle est plus vivante que jamais ; et les Prussiens, à Saint-Germain et à Saint-Denis, assistent avec rage à son réveil. Est-ce qu'on a le
droit de douter d'un peuple qui, pour vivre,
n'hésite pas à couper le mal à sa racine, à
s'amputer héroïquement ? Oui, nous avions
raison. Il faut élever nos cœurs ! Debout !
Encore plus haut ! *Sursum corda !* Il s'agit de
prendre notre revanche aujourd'hui. La grande !
La définitive ! La patrie est forte, maintenant
qu'elle vient de recevoir, dans sa victoire sur la
Commune, le baptême de sang nécessaire. Ce
sang lave toutes les hontes passées : nous
n'avons plus de boue à essuyer, nous n'avons
qu'une revanche à prendre. Haut les cœurs !...

Nous sommes arrivés sur la place d'Armes.
Et je regarde les pièces d'artillerie prises à
Paris, canons de bronze, canons d'acier,

canons rayés et à âme lisse, obusiers et mitrailleuses, qu'on y a rangés symétrique-
ment, ainsi que de glorieux trophées. A droite,
l'Orangerie, où sont entassés les prisonniers ; à
gauche, les Grandes Ecuries, où siègent les
conseils de guerre qui les jugent ; en face, le
plateau de Satory, où on les fusille.

Mon père continue :
— La revanche ! La revanche terrible, sans
pitié ! l'anéantissement de l'Allemagne ! Que
tout Français tienne le fusil ! Tout pour la
guerre ! Tout le monde soldat! Haut les
cœurs !... Voilà ce que je pense, moi ; et je
vous le dis comme je le pense, tout crûment. Je
ne sais pas faire de phrases, moi. Je suis un
bon bourgeois...

Tout à coup, il s'arrête. Là-bas, débou-
chant de la cour du Château, passant dans
l'allée ménagée entre les canons parqués sur
la place, une voiture arrive au grand trot.

— C'est Thiers ! s'écrie mon père. Le vain-
queur de la Commune! Le grand patriote !
Et il ajoute :
— Il faut l'acclamer.

Le coupé approche rapidement. Par la portière, j'entrevois un toupet blanc, des lunettes, une redingote marron. Mon père m'empoigne par le bras et, levant son chapeau :

— Salue, mon enfant, c'est la Patrie qui passe !... Vive Thiers ! Vive Thiers !

Moi, je connais Thiers. Je sais ce qu'il a été. Je sais ce qu'il est. Je ne saluerai pas.

La voiture est déjà passée, et je n'ai pas salué, je n'ai pas mis le doigt à mon chapeau.

Mon père se tourne vers moi :

— Pourquoi n'as-tu pas salué ?

Je ne réponds pas. Il lève la main.

Qu'il frappe.

Mais le père Merlin a vu venir le coup. Il se place rapidement entre mon père et moi et, souriant :

— Décidément, Barbier, — pour revenir à nos moutons — je dois avouer que vous aviez raison tout à l'heure, vous êtes un bon bourgeois.

Villerville, août 1889.

www.ingramcontent.com/pod-product-compliance
Lightning Source LLC
Chambersburg PA
CBHW072348030726
47505CB00014B/1251